CHINA LITERATURE AND ART FOUNDATION
中国文学艺术基金会
中国文学艺术发展专项基金
资助项目

"影像见证新时代 聚焦扶贫决胜期"
2018—2020大型影像跨界驻点调研创作工程系列图书

# 天·地·人

## 来自黄河源头的影像报告

陈小波 主编

中国摄影出版传媒有限责任公司
China Photographic Publishing & Media Co., Ltd.
中国摄影出版社

图书在版编目（CIP）数据

天·地·人：来自黄河源头的影像报告 / 陈小波主编 . --
北京：中国摄影出版传媒有限责任公司，2021.12
（“影像见证新时代　聚焦扶贫决胜期”2018—2020
大型影像跨界驻点调研创作工程系列图书）
ISBN 978-7-5179-1139-5

Ⅰ．①天…　Ⅱ．①陈…　Ⅲ．①纪实文学－中国－当代
Ⅳ．① I25

中国版本图书馆 CIP 数据核字（2021）第 273043 号

---

“影像见证新时代　聚焦扶贫决胜期”2018—2020 大型影像跨界驻点调研创作工程系列图书

天·地·人——来自黄河源头的影像报告

主　　编：陈小波
责任编辑：刘　婷
装帧设计：冯　卓　胡佳南
出　　品：中国文学艺术界联合会 中国摄影家协会 中国民间文艺家协会
出　　版：中国摄影出版传媒有限责任公司（中国摄影出版社）
地址：北京市东城区东四十二条 48 号　邮编：100007
发行部：010-65136125　65280977
网址：www.cpph.com
邮箱：distribution@cpph.com
印　　刷：北京雅昌艺术印刷有限公司
开　　本：16 开
印　　张：16
版　　次：2022 年 7 月第 1 版
印　　次：2022 年 7 月第 1 次印刷
ISBN　978-7-5179-1139-5
定　　价：79.00 元

中国文联大型影像扶贫跨界驻点果洛藏族自治州调研创作项目组

# 天·地·人

## 来自黄河源头的影像报告

陈小波　主编

中国摄影出版传媒有限责任公司
China Photographic Publishing & Media Co., Ltd.
中国摄影出版社

## 影像见证新时代　聚焦扶贫决胜期

2018—2020 大型影像跨界驻点调研创作工程

1.《十八洞村脱贫记》

2.《石榴红了——淅川脱贫档案》

**3.《天·地·人——来自黄河源头的影像报告》**

4.《古乡厚土——陇县乡村扶贫纪实》

5.《迈过石门坎》

6.《黄河三处》

7.《光耀州城》

8.《科尔沁草原上的脱贫路》

9.《再见独龙江》

10.《沸腾的西海固》

11.《东北偏北》

12.《山里的日与夜》

13.《寻乌——寻迹脱贫攻坚路》

14.《梅林村——一个深度贫困村的影像档案》

15.《一“页”鱼龙舞》

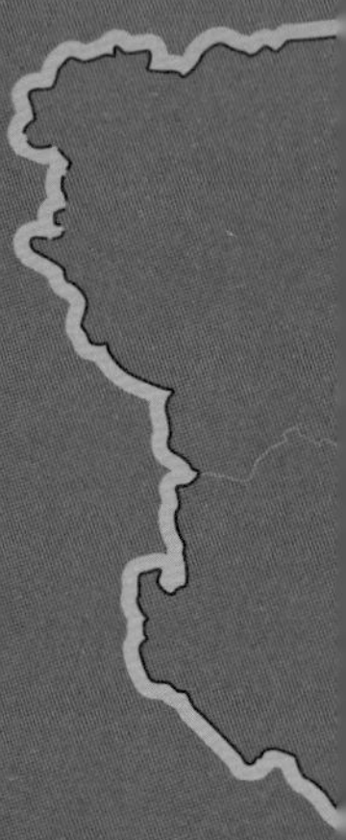

GS (2021) 7770 号

8
内蒙古自治区
兴安盟科尔沁右翼中旗
11
吉林省
延边朝鲜族自治州
6
山西省
吕梁市兴县
宁夏回族自治区
西海固地区
10
青海省
果洛藏族自治州
3
7
陕西省
铜川市耀州区
4
15
陕西省
宝鸡市陇县
2
河南省
南阳市淅川县
甘肃省
陇南市武都区
西藏自治区
昌都市左贡县
12
9
云南省
怒江傈僳族自治州贡山
独龙族怒族自治县
独龙江乡迪正当村
1
湖南省
湘西土家族苗族自治州
花垣县十八洞村
江西省
赣州市寻乌县
13
5
贵州省
毕节市威宁彝族回族苗
族自治县石门乡
14
广西壮族自治区
百色市田东县作登瑶族乡
梅林村

# 总序

党的十八大以来，以习近平同志为核心的党中央把脱贫攻坚作为全面建成小康社会的重要战略任务，作出一系列重大部署，创造了我国减贫史上的最好成绩。到2020年实现现行标准下农村贫困人口全部脱贫，是党中央向全国人民作出的庄严承诺。为生动记录脱贫攻坚战这一伟大历史实践，以影像的力量助力国家脱贫攻坚工作，中国文联和中国摄协、中国民协于2017年年底共同发起“影像见证新时代 聚焦扶贫决胜期”2018—2020大型影像跨界驻点调研创作工程。该项目被列为中宣部《中国当代文学艺术创作工程规划（2017—2021）》重点创作项目、中国文联“讴歌新时代，共筑中国梦”主题文艺创作实践活动重点项目。

根据中共中央宣传部、国务院扶贫办等单位推荐并结合中国文联实际，该项目在全国选择了湖南省湘西土家族苗族自治州花垣县十八洞村、内蒙古自治区兴安盟科尔沁右翼中旗、陕西省铜川市耀州区、江西省赣州市寻乌县、甘肃省陇南市武都区、青海省果洛藏族自治州等15个各具特色的扶贫点，充分发挥全国文联系统的组织优势和人才优势，汇聚了活跃在一线的摄影家、民间文艺家，以及经济学、社会学、人类学等领域的专家学者约70人，深入到脱贫攻坚一线，运用摄影、绘画、视频、文字等手段，进行多元化创作、多角度呈现，为实现跨界融合作出了积极有效的探索。

2020年是全面建成小康社会和“十三五”规划收官之年，是脱贫攻坚决战决胜之年，在今年出版发行“影像见证新时代 聚焦扶贫决胜期”2018—2020大型影像跨界驻点调研创作工程系列图文书具有十分重要的意义。这套图文书以15个驻点的调研创作为素材，每个驻点编辑出版1本图文书，全面展现这15个驻点的脱贫攻坚成果，突出“影像见证”“聚焦扶贫”的主题，体现影像记录的价值和意义，力图建立国家脱贫攻坚的影像档案。

这是一套充满理想情怀的图文书。各主创团队以高度的使命感和对土地、对人民的深情，克服道路崎岖危险、高原反应、水源污染、传染疾病等多种困难，真正沉下去，扑下身子扎到村里，和乡镇干部群众一起吃、一起住、一起干，用心用情去体验脱贫攻坚的火热生活，感受贫困地区发生的巨大变化，对基层干部群众团结一心、攻坚克难的奋斗历程进行跟踪记录和持续挖掘，以直观素朴的影像和平实深刻的文字，透过典型人物和鲜活故事，反映国家精准扶贫战略给贫困地区带来的深刻变化，讴歌脱贫攻坚战中的先进事迹和奋斗精神。尽管每本书的艺术表现手法各有千秋、各不相同，但始终彰显出内在积极向上的精神力量。我们力争将深蕴其中的情怀和责任、格局和担当化作对党和国家、对人民和事业殷殷的热爱，化作对时代发展和文化传承深深的思考。

这是一套聚焦脱贫攻坚战全过程的图文书。在地点的选择上，综合考虑中宣部和中国文联的定点扶贫点，以及各省（自治区、直辖市）文联推荐的“文艺扶贫奔小康”志愿服务行动工作示范县分布，在全国范围内确定了15个调研创作驻点，实现了驻点分布的代表性、地域性、差异性、进行时、视觉性。在内容呈现上，既有驻点的简况和贫困情况，也有脱贫后发生的变化；既有产业扶贫、就业扶贫、易地扶贫搬迁、文化扶贫等帮扶举措，也有东西部扶贫协作、对口支援、定点扶贫以及社会力量对脱贫工作的参与支持；既有当地贫困群众在脱贫中发生的巨大变化，也有第一书记、扶贫干部在其中作出的巨大努力。我们力争在展现国家脱贫攻坚取得的伟大成果的同时，从小处着眼，通过反映普通人的情感、命运及脱贫前后的对比等折射巨大的社会变革，全景式记录脱贫攻坚战。

这是一套以影像为主、突出个性表达的图文书。摄影是记录当下、展现现实的艺术，具有鲜明的时代特色。为时代存照、为人民画像，是时代赋予我们的历史使命和政治责任。这套图文书的主创以摄影家为主，通过图片为主、文字为辅、影像叙事的方式形成完整的视觉呈现，强调突出摄影家的个性、视角和思考。在体例上，有田野调查、报告文学、诗歌散文、采访记录、作者手记等，在内容上呈现的不仅仅是静态影像，还包括民间文艺、音乐、美术、书法、视频、音频等，力图做到立体化、多元化、多维度的呈现。这套图文书具有档案性，但又不是面面俱到的资料汇编；提倡个性表达，但又不是纯粹的个人的风光、艺术和人物摄影。我们力争传递和揭示扶贫、脱贫和落后地区发生巨大变迁的纪实性、直观性和深刻性，以及在此过程中所体现的人文关怀。

最后，衷心希望这套图文书能激励更多的文艺工作者，牢记新时代的历史使命和责任担当，更加自觉地深入生活、扎根人民，聚焦中国梦的时代主题，积极投身伟大的时代洪流，从人民的伟大实践和丰富多彩的生活中汲取营养，不断进行生活和艺术的积累，不断进行美的发现和创造，用自己的艺术创作讴歌党、讴歌祖国、讴歌人民、讴歌英雄，努力攀登新的艺术高峰！

“影像见证新时代 聚焦扶贫决胜期”
2018—2020 大型影像跨界驻点调研创作工程
系列图文书编委会
2020 年 5 月

# 目录

CONTENTS

一家牧户姊妹俩在前往夏季草场尼多途中。2018 年 6 月 29 日，上红科乡，图登华旦摄影

特合土乡的民间说唱艺人坐在黄河滩上给项目组的人员高唱格萨尔王的歌谣。2019 年 5 月 2 日，牛红旗摄影

# 本卷序

# 达日，我们的达日

文 | 陈小波

## 题 记

你去过那里吗?
绝望或者绝境

而他和她一直在这里
终年积雪
时光缓慢
夜长昼短

对我来说
绝境就是远方
就是深处
就是秘境

如果没有这样的行走
我就不能懂得轻重缓急
我也不能懂得万物恩典……

——改自无名氏的一段话

在《影像见证新时代 聚焦扶贫决战期》这个项目中，一群选题里我获得黄河流经第一个县——达日县选题，我心里，一下子喜悦并庄严起来。

青藏高原是我特别迷恋的地方，我一次又一次在那里行走，一次又一次获得很多难以言表的东西。

这一次能到黄河源头，去黄河流经第一个县，做一个关于这个地方和这个地方的人的文本，这是何等恩典！黄河源头大自然的状态、百姓的生命状态，会在我们的记录里留下痕迹，这是何等幸运！

## 一、重读庄学本

出发黄河源头前，我决定重读庄学本。李媚先生主编的《庄学本全集》（两册）又放在我的枕边。

发现庄学本，是学界公认的几十年来中国影像史学最重要的收获。无论何时翻阅庄学本，这个戴眼镜穿长袍的方脸男子如一个陡峭的山峰，他在近 100 年前西南边地留下真相。其文字带我们身临其境，其影像到现在我们只能仰望。

西陲、边地、独行、绝版、文献、档案……翻看庄学本，这些词不断蹦到我的脑子里。

庄学本的高度，再有 100 年，估计没有人能攀登上去。但我们这一次行走，庄学本必须成为我们的标杆。

于是，出发前，我建议团队成员都去读庄学本。读完再出发。

## 二、与志同道合的朋友同行

2013 年，我和几十位同道一起完成了宁夏回族自治区西海固“隐没地”文本与展览项目；2016 年，我又带领一百多位同道完成“影观达茂”丛书项目。

与什么样团队的同行，决定项目的成败与水准。面对这样一个千载难逢的荒原行走和厚重的题材，我在团队组建方面绞尽脑汁。

2016 年我主持的内蒙古“影观达茂”项目中，作家墨白先生担任《温都不令》一书的撰写。墨白先生史诗般的文字和对每一行文字的精雕细刻让一个即将消失的、尘土飞杨的汉族村庄，在暗处发光。我称墨白为“会做学问的作家”。2018 年 9 月，团队第一次出发到达日，在机场，我看到墨白行李中装了 20 多本书——关于达日、关于三江源头、关于宗教、关于那里的气候、植被、天气、食物……林林总总。那一刻，我就相信墨白定能写出我所需要的文字。

女诗人江媛为《温都不令》贡献了 30 余首诗歌，真挚、深沉、充满悲悯。

《温度不令》也因为有江媛的诗歌，拥有与“影观达茂”系列其他 7 本书不同的气质。在达日草原草地上，我亲眼见江媛写诗：青年唱一首歌，她写一首诗；老者讲一个故事，她写一首诗；坐在那默默地看着一个人的脸，她又写出一首诗。江媛所有的诗行，和着黄河边的草香和高原炙热的阳光。

摄影者，我选择了牛红旗。2019 年，我刚刚给牛红旗编辑了《疼水》一书。为此书写的“前面的话”《一位诗人对故乡的复调描摹》，是我选择牛红旗同行达日的理由。

牛红旗把故乡西海固
拍得那么神秘、多情、有趣
让世人重新观望
他以诗人的身份
用镜头温暖陈述
用复调诗歌的描摹
让每一张照片携带命运
西海固的人的命运
人类的整体命运
天赐的节奏
……
牛红旗自己就是这样的人
认识他十余年
我看到他最大的秘密
在荒野中与天地精神独往来
他有自己最重要的事情——
爱
悲悯

荣光正徐徐降临
在黄土高原
牛红旗有自己的大自在
做自己想做的事

亲近愿意亲近的人
为热爱的土地和人群
留下滔滔不绝的文字
留下枝繁叶茂的影像
多年后
西海固人会看到自己的
史诗……

何自力是我的同事，新华社专家型记者。从香港到边疆，我曾和他走过很多地方。何自力不喜喧嚣、不喜抛头露面，不走近以为他孤寒，只有朋友才能近距离感受到他的温暖。不知何时，他迷上了摄影，随身携带小型相机不停行走、不停拍摄。摄影让何自力找到情感、能量、才情的安放处。多年新华社对外报道经验，让他知道怎样向西方讲好中国故事。无论是文字还是影像，何自力跟我有很多共同的价值判断。

达日本地摄影家图登华旦加入了团队。对本地一山一水烂熟于心，他贡献的达日影像独特观看，还成了团队的向导、翻译。

我请新华社年轻摄影记者吴刚加入团队。吴刚从中南民族大学毕业后到新华社青海分社。不到 10 年，他几乎跑遍了青海。三江源头几乎每年都会到达。新华社微纪录片“国家相册”《啊，可可西里》开篇用的一幅照片：一位牧民和自己的牦牛在广袤的三江源头默默行走，“在这里，你踩下的每一个脚印，都是地球诞生以来人类留下的第一个脚印……”这张照片，就是同样在三江源头独行的吴刚拍摄的。

我们请书画家李兴俊先生为达日一书的插图作者。李兴俊书画中的独特气息与这部恢弘作品的气息不谋而合。

因为达日，我们不期而遇，一起感受风雪，感受云雨，感受彼此。除了图登，几位都和我多次合作，我几句话、一个眼神儿，他们就知道我要做什么。团队成员中大部分性格安静、沉郁，走很远的路，大家都不太说话。

## 三、《天·地·人——来自黄河源头的影像报告》的诞生

那个人烟罕至的地方到底是个什么样子？生活在那里的藏民和我们以前在西藏、甘肃、四川、云南见到的藏民有什么不同？在那里我们会遇到什么

样的场景与故事？我们将做出一个怎样的文本奉献给那片山水和人民？

在达日，走很远才能见到一个帐篷、一座庙宇、一缕炊烟、一个牧人、一群羊、一头牦牛。但我们走到哪里，都会听到格萨尔王的传说。迈过一个小溪流，旁边人就说格萨尔王曾经走过这里；路过一个庙宇角落，旁边人就说格萨尔王在这里念过经；朝一个山头远远一指，就看到格萨尔王的雕像矗立在云端。格萨尔王，是达日人的信仰所在：每个人都认定达日才是格萨尔王的故乡，格萨尔王就是他们的家人。

在达日，我们走的每一处，黄河都在我们身旁，守护着草原、守护着牧民。

达日百姓，天上有他们的格萨尔王，地下有他们的黄河。大自然对于他们来说，不是欣赏的对象，更不是征服对象，他们的生命融合在天地之间，他们对于生命、爱情、死亡、苦难、幸福的理解，离不开格萨尔王，离不开黄河。他们深邃的目光和深情的姿势里所承载的所有常识和文化，都离不开格萨尔王和黄河。达日人面对严酷的考验，依然保持纯真如黄河源头的清澈。真是罕见！因为格萨尔王和黄河，他们活着心里有底。

看似荒无人烟的大地，蕴含着无比复杂的密码。我和何自力商量决定，我们的这部书就起名《天・地・人——来自黄河源头的影像报告》。

天，就是格萨尔王；地，就是黄河；人，就是这里的人民。

## 四、我们会不停扪心自问

人世的荒野，苍凉至极。在荒野中的吁求与祈祷的达日百姓，第一次走进我们的镜头，走进我们的文字。

但，我们所做的文本，是否值得凝视？是否将文明与尊严的力量赋予了达日的山水与百姓？是否令百年后的人肃然起敬？是否具有重要的史地与民族文献的长远价值？

从到达黄河源头那一刻到今日到将来，我们会不停扪心自问。

世间最美的旅行是一群人向另一群人的旅行。

因为达日，我们有过最美的旅行。

2021 年 12 月 16 日

## 高原赋歌

盛满阳光的高原
盛满月光的高原
盛满湖水之蓝的高原
盛满鸟鸣的高原
盛满风雪的高原
惨烈死亡与坚韧生命对峙的高原
盛满牧人忙碌歌声的高原
盛满马匹的嘶鸣
闪烁着黑牦牛如炬目光的高原
是青藏高原上的高原
是奶酪色云朵亲吻湖泊的高原
也是回旋着神性的光和涂满彩虹色彩的高原

那高原的远——
在公路缠绕的逶迤群山尽头
那高原的辽阔——
在黄河奔流的无数山谷尽头
那高原的圣洁——
在座座飘满冰雪银光的雪峰尽头
那高原的爱——
在簇簇飞扬山坡的鲜艳经幡尽头
那高原的深情——
在母亲怀抱婴儿转经的风雪长路尽头

天

逐它們
吟唱
英
雄的歌謠
——
獅龍宮
殿上空
雷聲隆〃
天馬齊鳴
群山回應四方
宛若格薩爾
王駕臨
君錄江媛
獅龍宮殿詩
2019.11.25.LL

高原算
起太阳的
馬頭
雲端的騎士
一半在綠山
射箭
一半在雪山
射箭
光的箭簇
在高原
穿梭
黄河

## 天果洛，地果洛

在这个世界上，不知道有多少人对青藏高原心怀向往。

在神秘与充满魔力的高原，到了夜里你常常会在倍感压抑的梦境中醒来，再也没法入睡，像有一只巨大无形的手抓住你的头发不停地在往上揪，头皮就会跟着一下一下地紧跳。早起吃饭时，食物一直在喉咙边打转，就是难以下咽。或许，在那一刻很多初来乍到的人，都会像我一样因这高原反应而产生尽快离开的念头。后来，在很长的一段时间里我一直被一个问题困扰着：在这植物高度不及牦牛腹部的黄河谷地，在这不长庄稼只生牧草的高原，在这遍布鼠害与包虫病菌的果洛草原，那些被强烈的紫外线熏染了面孔的藏族同胞，是依靠什么一代又一代生存下来的呢？

在我离开之后，每当耳边响起《青藏高原》的旋律时，因那我无法企及的雪原一样洁净的神山，因那我生命里永无枯竭的江河源泉，因那我无法做到的用身体丈量出的信仰与精神，我常常会忍不住泪湿眼眶。那时我才明白，自从踏上高原的那一刻起，我的心就再也没有和她分离，也就是在这一刻，我才真正明白了“敬畏”这两个汉字所包涵的意义。

果洛，藏语意为“反败为胜的头人”。历史上，果洛属古三危地，《尚书·尧典》中有“窜三苗于三危”[1]的记载；《史记·五帝本纪》说“迁三苗于三危，以变西戎”[2]；而《后汉书·西羌传》则说得更具体：“西羌之本，出自三苗，姜姓之别也，其国近南岳。及舜流四凶，徙之三危，河关之西南，羌地是也。滨于赐支，至乎河首，绵地千里。”[3]以上说的都是羌人的族源，而三危地，后来的研究者有许多说法，其中一说是指现在的整个西藏及四川西部地区；所谓“赐支河”，也就是现在的阿尼玛卿山、西倾山及其以北地区，这里正是古代羌人活动的中心[4]。汉晋时，党项、参狼、赤羊、东女、发羌等部族在果洛地区活动。西晋永嘉五年至六年（311—312），辽东鲜卑慕容吐谷浑氏徙至今甘南、川北地区，并逐步向青海境内扩张；东晋咸和四年（329），吐谷浑氏在青海湖流域建立吐谷浑王朝；5世纪初，吐谷浑人大批迁入海南、果洛、玉树地域。藏族先民，在公元7世纪以前，散居在青海南部长江与黄河源头流域及西藏雅隆河谷等地。唐武德元年（618），吐蕃政权建立。唐贞观十五年（641），松赞干布至今青海扎陵湖、鄂陵湖的柏海迎娶唐宗室女文成公主时[5]，走的就是我们上面说过的唐蕃古道。7世纪中叶，吐蕃攻破吐谷浑后从果洛迁徙到玉树，又吞并了川西的党项、白兰诸部，复又歼青海、甘肃广大地区的吐谷浑诸部，青藏高原成为吐藩王朝一统天下之地。

自元至元十七年（1280）元世祖派遣招讨使都实等由河州经贵德至星宿海，探寻黄河发源地。到清顺治四年（1647），清朝廷开始陆续发给自明以来青海世袭土官号纸、印敕，正式称其为“土司”的近400年间，蒙古人对果洛产生过重大影响。就在2018年9月18日上午，我们路过甘德县上贡麻乡时，图登华旦告诉我们，这里有一个叫“索日玛”的部落（“索日玛”的藏语意思是“蒙古族”）。以前这里的老人都是用蒙古语交流，但现在听不到了，都已经藏化了。由于蒙古族人与汉族人的进入，果洛已不是一个单一的藏族族群。清朝廷采取“以番治番”政策后，对果洛各大部落头人封授千户、百户官职，果洛与内地有了民间贸易往来，汉族商人经阿坝、临潭、夏河、拉加等地进入果洛，从事以物易物为主的商业交换活动。清末民初，化隆、贵德、湟源、湟中的少数回族、汉族商人和淘金者，经拉加寺进入玛沁、久治等地，有的经商破产转为耕牧，有的淘金失败难以回原籍而流落牧区，与当地妇女结婚成家，定居下来。果洛以博大的胸怀，接纳这些外来民族成为果洛草原的新居民。经近100年与果洛藏族人民共同生产生活，这些汉族人已基本上同化为藏族，在全州各地都可寻觅到这些外来民族的后裔。虽然果洛藏族是随同青藏高原各民族经历长

秋天的原野上，一群藏野驴安逸游荡。藏野驴主要分布于青藏高原地区，对寒冷、日晒和风雪均有极强的耐受力。2016 年 10 月 26 日，特合土乡，图登华旦摄影

期演化过程，又吸收了部分蒙古族、汉族而发展形成的，但由于藏族历史源远流长，占果洛地区人口的绝对优势，因此，果洛仍然是一个以藏族为主体民族的地区。

“果洛”的名称，最早出现于明初，朱拉加与朱安本父子由金沙江谷地迁徙到道绕定居，征服并吞并年春、垮日、哇3部土著，正式拉起果洛部落大旗。清康熙六十年（1721），朝廷为上廓洛克车木塘寨百户泽楞查什、中廓洛克千户索浪丹坝、下廓洛克百户折论札含授职，须给号纸，无印信。这是清朝廷首次为果洛头人封授土官职，从此果洛有了土官封号。土官是明代土司制度的延续，与“红保”为同一意义。那时的果洛完全是以部落的形式存在着，头人主宰着果洛的一切，占有绝大多数牲畜，寺院活佛统治精神领域，他们拥有至高无上的权力：天是我的天，地是我的地，“天果洛、地果洛”也由此而来。当然，图登华旦一边开车一边微笑着说：“我们现在提出‘天果洛、地果洛’的概念，是指果洛的自然风貌，是为了开发旅游。”

1. 见王世舜、王翠叶译注：《尚书》，北京：中华书局，2012年1月，第21页。

2. 见萧枫主编，《史记》（文白对照 全注全译），延吉市：延边人民出版社，1999年3月，第9页。

3. 见（南朝·宋）范晔撰：《后汉书》，北京：中华书局，2012年4月，第2307页。

4. 见崔永红、张得祖、杜常顺主编：《青海通史》，西宁：青海人民出版社，2017年4月，第18页。

5. 见“《新唐书》：十五年，妻以宗女文成公主，诏江夏王道宗持节护送，筑馆河源王之国，弄赞率兵次柏海亲迎”，转引自根敦群培著、法尊法师译：《白史》，北京：中国藏学出版社，2017年7月，第43页。

代青文毛与孩子们在夏季牧场的帐篷前。2019 年 4 月 13 日，达日县，吴刚摄影

## 格萨尔王的太阳

高原，为了这次重逢
我们累积了很长很长的生命
太阳啊，格萨尔王的太阳
在青藏高原燃烧
我们走过牧场
遇见黄昏赶着牦牛群归来的女人
她们都是邦吉梅朵装扮的女儿
我们来到狮龙宫殿
遇见在赛马会上获胜的骑手
他们都是闯过暴风雪的汉子
太阳啊，格萨尔王的太阳
在藏家儿女的心头燃烧

狮龙宫殿。2019 年 10 月，何自力摄影

## 骑士的歌

在群山绵延的青藏高原
暴雪为岭国穿上雪袍
狂风日夜雕刻它
所有的道路在一夜间消失
所有的河流藏匿了踪迹
一座座高山抖动着呼呼作响的银色披风
想要把人马掀翻在地
骑士赶着赛马穿行在达日雪原——
顶风冒雪地朝狮龙虎宫堡行进
他们渴望火焰和酥油茶
他们渴望八月的格萨尔王赛马会
他们祈求喇嘛的诵经声
平息使牧民迷失方向的风暴

# 柔达对《格萨尔王》藏戏的叙述

一

果洛的后人传扬你
雪域高原想念你
格萨尔啊
在达日的每一寸土地上
在毡房的每一个人的口中
都在传唱你
格萨尔啊
在黄河的每一滴水中
在阿尼玛卿雪山的每一片雪中
在风雪横扫的每一座高山
在高原兀鹫带走的每一个灵魂里
人人都像儿女对慈父般感激你

查朗寺僧人在准备格萨尔藏戏演出。2015 年 9 月 15 日，达日县，吴刚摄影

二

在哺育藏族儿女和黑牦牛的草原上
在传送梦想和滋养心灵的黄河边
人人都在传唱你呀
格萨尔
高原的神骏曾跟你降魔除妖
高原的人们因你获得安宁
丰收的青稞送给你呀
善跑的骏马奔向你
除魔的宝剑闪闪发光呀
发抖的妖魔不再祸殃雪域高原
格萨尔呀
高原的太阳
我们世世代代跟随你
愿你护佑高原
人丁兴旺粮丰畜壮
愿你降下甘露水
沐浴雪域幸福吉祥

在准备格萨尔藏戏演出的查朗寺僧人。2015 年 9 月 15 日，达日县，吴刚摄影

业余时间喜欢拍照的尕曲在客串模特。2017 年 8 月。（图片由尕曲提供）

## 牧歌

牧歌落在
悲喜交加的柯曲河上
格萨尔王的箭袋储满勇气
和冲锋的呐喊——
人们寻着虫草生长的路
搜遍五月的绿坡
男人一只手握着腰刀
一只手搂紧熬煮酥油茶的妻子
看护着风雪中的儿女和牛羊

业余时间喜欢拍照的尕曲在客串模特。2019 年 3 月。（图片由尕曲提供）

# 日 子

千万朵云落在湖中
千万个山谷跌进黄河的水中
千万顶白帐篷冒出的炊烟
升起在大海般浩瀚的天空
千万个阿妈做饭的厨房
吸引着儿女回家的鼻子
千万头黑牦牛踩过的蹄印
在千万个草海子生根
千万个母亲对儿女的爱
斟满在黄昏的酸奶碗里
千万种遗忘
被高原记起

来自北京的15岁中学生好妹与查郎寺16岁小僧人见面，彼此好奇。查朗寺是果洛州影响较大的宁玛派寺院，1895年创建。据传是格萨尔王王宫所在地。2019年5月1日，达日县查郎寺，吴刚摄影

# 古歌

古歌的河流里
勇士已上马
古歌的云端
神将在守望
菩萨的眼睛流淌着悲悯
地上的人们仰仗太阳
神灵从石头中张望人世
野狼奔跑在杳无人迹的三江源
死去的人
被高原秃鹫吞进肚腹
带往云端
人们歌唱着请回神灵——
古歌里传来祖先的叮咛
古歌里赞颂高原的英雄
古歌的泉水
从歌者的口中涌出
古歌的泉水里
人们的心变亮

在山上结束MV拍摄创作的年轻人。2018年9月，达日县，何自力摄影

# 家园

高原
托出大地的乳房
喂养顽强的汉子和坚韧的女儿
一条条河流
缠绕一座座雪山
守护格萨尔王和博巴的故乡——
在黄河流不尽的高原
在阳光和暴雪轮流做客的高原
在黑刺林扎满草海子的高原
在月光为大地铺满银光的高原
在奔跑着黑牦牛和骏马的高原
伫立着藏家儿女世代生息的家园

一群在扶贫政策帮助下接受传统艺术培训的年轻人。2018年9月，达日县，何自力摄影

格萨尔广场上的格萨尔雕像。2018 年 6 月，达日县，果洛州委宣传部供图

# 绿山上的歌舞

在黄河边
在开满邦吉梅朵的绿山上
我们唱歌啊
我们跳舞啊
勇猛的格萨尔护佑我们啊
智慧的格萨尔祝福我们
藏袍的长袖甩起来吧
扎木聂弦子弹起来吧
在果洛小伙强健的肩膀上
储藏着太阳的火焰
在果洛姑娘春风的腰肢上
闪耀着月亮的光芒
行走在高原和草原上孤独的人呐
想哭的时候
就在心上人的肩头靠一靠吧
疲惫的时候
就让姑娘月光般的笑容照一照吧

开会啦！2019 年 10 月，特合土乡，何自力摄影

# 达日

在达日
牧羊姑娘和升起帐篷的姑娘
是同一个姑娘
在狼群吼叫的风雪里
凝望猎隼捕捉鼠兔的汉子
是善于和野生动物打交道的汉子
在春天开满鲜花的草海子
倾听牧女的歌声与欢笑的客人
是与不幸和幸福融为一体的亲戚
他们和牧人坐在春风中
唱起心中的歌——
一半春天的达日
一半冬天的达日
一半黄河的达日
一半长江的达日
一半爱加一半恨
一半男人加一半女人
一半寒冷加一半温暖
就是五月走过茫茫风雪和春日暖阳的达日

爱好艺术的姑娘们在拍摄MV间隙。2019年9月，达日县，何自力摄影

# 《格萨尔》与狮龙宫殿

2018年9月18日上午，我们出了达日县城，沿着黄河南岸边的村级公路一直往西。回过头来，透过车窗玻璃我看到格萨尔骑着他的战马，远远地站在县城西南边的山顶上，俯视着眼前宽阔的黄河。黄河从上游奔流而来，在这里拐了一个很大的弯，图登华旦告诉我们，如果晴天烧晚霞，这里是拍摄黄河十分理想的角度。图登华旦说着又指着黄河宽阔的河滩说："传说格萨尔和他的母亲从四川的德格阿须草原流浪到这里，就住在这片黑土滩里。"

一般认为,《格萨尔》产生于11世纪[1],是一部卷帙浩繁、精深博大到"一个人倾其一生也不足以阐述完这项内容"[2]的英雄史诗，并广泛流传于中国西南地区的藏族、蒙古族、土族、裕固族、纳西族各民族聚居区，与蒙古族的英雄史诗《格斯尔》同源异流。这部英雄史诗情节曲折、语言优雅，是在藏族古老的神话、故事、歌谣、民谚的基础上，千百年来由民间说唱艺人传承，凝聚着藏族人民的聪明才智和创造精神，代表着古代藏族民间文化的最高成就。

《格萨尔》史诗描述了格萨尔王为建立以岭国为中心的军事联盟而征战的英雄业绩，成功塑造了格萨尔的英武神奇及其爱妃珠牡贤惠忠贞的形象。很早以前，整个雪域藏区生存环境都在恶化，为了拯救当地的黎民百姓，有一名老者最终从一尊天神处获得了派其儿子诞生人间的许诺，人间的母亲也是以一种神奇的方式受孕生下了一个相貌丑陋的婴儿，也是传说中神子推巴噶瓦[3]或者莲花生大师[4]化身的乳名为"觉如"的婴孩，从一生下来就遭到伯父晁通[5]的迫害，因为伯父想独霸这里的统治权，觉如却因神力庇佑而逃脱了数次凶险。

在觉如5岁时，被迫离开出生地德格阿须草原，同母亲翻越巴颜喀拉山，来到了现在我们开车正在行走着的黄河岸边。图登华旦说："这片黑土滩上高原鼠兔特别多，故而鼠害也很严重。一只高原鼠兔一年能繁殖二胎，一胎能产六七只。这个家伙钻到地下光吃草根，吃过后草就大片大片地死亡；但这个家伙很干净，吃草嘛，个头也大，我们叫它‘高原鼠兔’。”传说中格萨尔也吃过这东西，当年他和母亲流浪到这里，没有吃的，格萨尔就掏高原鼠兔。在流放过程中，格萨尔始终过着贫困的生活，直到12岁那年，格萨尔在神灵的庇护和神马的帮助下，在整个部落的赛马大会上赢得了胜利，因而被拥立为岭王并迎娶珠牡为妻。从此，他被称为“格萨尔”，并恢复了光辉照人的仪表。

上面的故事就是《格萨尔》“天界篇”里的内容。“天界篇”相当于“序篇”，由《天界占卜九藏》《英雄诞生》《赛马称王》等部分组成。这里的格萨尔具备人、神、念——藏族传说中的一种地方守护神——三种品格，是一位半人半神的英雄，是藏族人民在长期的历史发展过程中塑造的一个理想中的英雄形象。

这天下午我们离开格德吉家所在的安置点后，前往距

订宝家的夏季牧场在离乡政府不远的黄河边，每天出牛后他都要去乡政府坐一会。今天妻弟来了，要和他一同开车去乡上的小学接孩子。2018年9月，德昂乡，牛红旗摄影

# 兄弟

启开我的痛苦
喝干吧
另一个夜晚和白昼划开了悲伤的界限
青藏高原的风
倒空我灵魂的瓶子
喝尽心头的委屈
爱与恨记下的人
像十二把剑
立在冰雪闪耀的地平线上
鹰群已尖叫着聚集
黑狼也在山顶张望
出发吧
把我的痛苦和你的
倒进同一个瓶中喝干
十二把剑的光芒照亮明日
十二把琴弦被风暴弹响
出发吧
把我的心和你的心放在一起
就像十二个兄弟在黎明
骑马向着太阳狂奔

第三代《格萨尔》史诗传唱艺人，达日县德昂乡牧民扎德。2018 年 9 月 18 日，达日县德昂乡，图登华旦摄影

# 鹰的宣言

那茫茫雪原上
展开闪电的双翅掠过的
鹰——
扫过天空的风暴
在大地和天空的领地
飞越死亡
啄羽重生
这孤独的王
扯开云端的光幕
以掠过群山的高傲
自由自在地飞越雪峰
俯冲大地
以旋风般的利爪抓走猎物
头戴太阳的金冠
尖啸着孤独的宣言

查朗寺的小喇嘛。2018 年 5 月，何自力摄影

## 班玛的莲花

班玛，莲花盛开的地方
巨人的群山遥遥对望
仙女的祥云
曼舞碧空
起风了
湖水的光影在天地间回旋
藏身山中的天神在原地奔跑
大风扬起山的绿鬃
招展四方
许多花在阳光里
在风中
在人们的眼中
开放
许多七彩云
在河流
在天空
在牛马成群的星宿海
旋舞
莲花的来世在天空
格桑花的今生在草原
藏人的生命花在格萨尔王的心间

达日县城约 18 公里处的位于建设乡境内的格萨尔王狮龙宫殿。在傍晚的雨雪中，我们远远看到一堵褚红色的围墙，以及宫殿塔尖顶耸立着的宝幢和铜质镀金的祥鳞法轮。格桑局长告诉我们，那就是格萨尔王狮龙宫殿。格桑指着四周的山峦说："宫殿四周的山，东、南、西、北都朝向狮龙宫殿，有 1000 多条山沟犹如莲叶的叶纹，是自然的八宝如意图。"

现在的狮龙宫殿落成于 1993 年 8 月，其地理位置和地形地貌与查朗寺所在地一致，为纪念藏族历代传唱的英雄格萨尔，经青海省果洛藏族自治州人民政府批准，由青海省人大代表、查朗寺活佛丹贝尼玛负责筹建。在宫殿里，我们不仅看到了赵朴初先生为宫殿所写的题词，还看到了格萨尔和王妃珠牡的塑像，以及在《格萨尔》"降魔篇"故事里出现的格萨尔手下 30 员大将的塑像。

《格萨尔》"降魔篇"包括《魔岭大战》《霍岭大战》《姜岭大战》和《门岭大战》4 部降魔史，由于魔怪兴妖作乱，闹得人世间不得安宁，黎民百姓苦不堪言，成了国王的格萨尔便将毕生奉献给了镇妖伏魔的事业。他第一次战胜的是一个食人肉的巨魔，巨魔的妻子本来就是被妖魔劫持去的格萨尔的王妃之一，格萨尔在她的帮助下消灭了巨魔，但之后她又让格萨尔饮下了一种健忘的酒，拘住了英雄。格萨尔不在"里邻"国的时候，伯父晁通勾引格萨尔的正宫夫人失败后，作为报复将霍尔人地区的三王引入"里邻"国。"里邻"国战败后，王妃珠牡被擒。她竭力抵抗，最终却不得不成了白帐王的夫人，并为他生下了两个儿子。格萨尔返回"里邻"国后首先惩罚了他的伯父，然后又化装成铁匠的徒弟进入霍尔人地区，最终进入宫中杀死国王夺回其王妃。从此之后，史诗各部的故事结构大致相同：一个异邦的魔怪被铲除，某些人物被宽恕，并开始臣服格萨尔并随他征战四方，降妖伏魔。降伏一个魔王之后，又降伏一个妖魔，于是出现了许多新的分部本——"宗"[6]。

业余时间喜欢拍照的尕曲在客串模特。2017 年 8 月。（图片由尕曲提供）

在《格萨尔》里，“宗”指的是古代藏族社会的部落联盟，这和果洛建政之前“天果洛，地果洛”的部落格局十分相似。“18 大宗”“18 中宗”“18 小宗”以及更小的“宗”，格萨尔每征服一个部落联盟，就构成一个相对完整的故事。这也和《西游记》里讲述故事的结构手法十分近似。格萨尔降伏“魔王”的英雄业绩构成了史诗的主体部分，也是整部史诗最精彩、最吸引人的部分。在狮龙宫殿的墙壁上，我们还看到了绘有《格萨尔》“地狱篇”里故事的壁画。

《格萨尔》“地狱篇”包括《地狱救母》《地狱救妻》《地狱大圆满》和《安定三界》等部。格萨尔王完成降伏妖魔的大业，准备返回天界回望人间时，却见自己的生身母亲、爱妃以及“里岭”国很多战死的英雄与将士还在地狱里遭受着苦难。格萨尔这位大智大勇的“天神之子”负有“拯救众生出苦海”的使命，故而愤怒的格萨尔直奔地狱，砸了阎王殿，超度所有沦陷地狱的亡灵。

以人物为中心联结全篇的史诗《格萨尔》，又以事件为中心组织上述“天界篇”“降魔篇”和“地狱篇”3 部分的主要内容，形成连环扣式的结构安排，一波未平，一波又起，使整个史诗波澜迭起、环环相扣。而且，其中每一个部分都讲述了一个相对独立、引人入胜的故事，特色鲜明地呈现了民间说唱艺术的特征。格桑局长说，格萨尔文化在这里有着很大的影响力，十世班禅大师生前曾按照藏族文化传统和宗教仪轨，亲自为格萨尔王狮龙宫殿撰写了题为《格萨尔祈祷吉祥河右旋》的祈祷文。

格桑局长说来时他曾经联系过格萨尔王狮龙宫殿的僧人久扎给我们当解说，可惜他今天不在，但格桑还是给我们介绍了一些狮龙宫殿与久扎的情况。今年 48 岁的久扎是狮龙宫殿的僧人，他每天早晨 6 点半起床，洗漱完毕后坐在自己的僧舍虔诚地诵读《格萨尔祈祷文》《格萨尔上师瑜伽》。格桑说：“我曾经和他交谈过，久扎每天诵经的时间超过 8 小时。诵经的日子，也是他与格

# 达日的山河

在达日的每座山中
都藏着一匹马
它迎风扬鬃
踏着“嘚嘚”的马蹄声
渴望跑出石头马厩
在草滩上自由狂奔

在达日的每条河中
都住着一条龙
它腾起滚滚波涛
生出无数条龙
小龙们你追我赶
奔向壮阔的海

在达日的每朵花中
都藏着童年的心
一朵花召唤另一朵花
千多万朵追赶春天
从草原开到雪山
开得大地姹紫嫣红

萨尔王对话的日子，格萨尔王用他的大德庇佑众生。”在果洛境内，到处流传着关于格萨尔的众多传说与故事，与格萨尔有关的遗迹、遗址就有60多处，而隶属于查朗寺的格萨尔王狮龙宫殿始建于1044年，是当地著名的格萨尔文物遗迹。

1.2001年10月17日在巴黎召开的联合国教科文组织第31届大会上，《格萨尔》被列入2002—2003年联合国教科文组织参与项目，即《格萨尔》千年纪念活动。见降边嘉措著：《英雄格萨尔·序言》，北京：作家出版社，2018年6月。

2.[法]石泰安著、耿昇译：《西藏史诗与说唱艺人的研究》，拉萨：西藏人民出版社，1993年10月，第1页。

3.见语文出版社教材研究中心、十二省小语教材编写委员会编：《语文》（五年级下册），北京：语文出版社，2005年6月，第二课《格萨尔王的故事》。

4.莲花生大师，出生于古国邬仗那（今巴基斯坦斯瓦特河谷一带），为8世纪印度修习密宗的高僧，梵名“白玛桑玛瓦”，精通密宗教义兼习瑜伽，后把密宗传入今中国西藏地区，并在该地建立第一座寺院桑耶寺，为宁玛派祖师，曾把多种梵文密教经籍译成藏文。见拉科·益西多杰编译：《藏传佛教高僧传略》，西宁：青海人民出版社，2019年8月，第43页。

5.《格萨尔》中“里岭”国30员大将之一，在整个“里岭”国其法力仅次于格萨尔，相传其是马头明王的化身。在史诗中，晁通被刻画成一个集自私、虚伪、奸诈、好色、贪婪、阴险、吝啬、无耻及巧舌如簧、心怀不轨、贪生怕死、投降变节、卖国求荣于一身的小人，深为“里岭”国所鄙视和不齿。格萨尔重返天界之前，为了永久根除挑起“里岭”国内讧，致使祸起萧墙的隐患，将晁通的骨灰置于一座水晶白佛塔内，并将其灵魂超度到西方极乐净土。见降边嘉措编纂：《英雄格萨尔》，北京：作家出版社，2018年5月，第136页。

6.藏语把城堡叫作“宗”。果洛藏族自治州境内至今仍保存有一些城堡遗址，它们一律是用石块彻成，堡上留有射孔，堡高2—3层，每层有2米多高。当地人传说，果洛有18大宗，曾是格萨尔当年征战的遗迹。

## "拉智觉热"与《格萨尔》在民间的传播

这天，在我们离开狮龙宫殿时，天空突然电闪雷鸣，等到了县城用餐的地方又下起了冰雹。饭店是一个由云南大理来的小伙子开的，用餐时县里还特意安排了“拉智觉热”艺术团里的几个年轻人表演了《格萨尔》里的歌舞。

“拉智觉热”艺术团成立于2015年12月，先后赴玉树藏族自治州参加首届雪域格萨尔文化艺术节暨三江源水文化艺术节、果洛藏族自治州第5届玛域格萨尔文化旅游节、第2届格萨尔狮龙宫殿文化艺术节、果洛藏族自治州藏历春晚等文艺巡演，一直活跃在各类文艺舞台上。那天晚间，我们结识了艺术团的演员南罗，虽然他已是两个孩子的父亲，但这丝毫不影响他对舞蹈和音乐的喜爱；还有今年已经20岁的才多。才多在他6岁那年失去母亲，14岁那年父亲又去世了，现在视艺术团为自己的家。目前团里的演员大多都是牧区贫困低保户牧民的子女，像才多这样的孤儿就有6名。格桑局长说：“县里组织‘拉智觉热’艺术团在很大程度上也是为了解决一些贫困牧民家子女就业困难的问题。”那天给我们表演的还有一位梳着马尾辫的名叫扎德的藏族小伙，他那气宇轩昂的仪表给我留下了深刻的印象。

那次达日之行，我们入住的是格萨尔酒店，就像图登华旦说的，仿佛这里的每一条小溪、每一个山包都能和格萨尔联系起来，这里关于格萨尔的传说实在是太多了。《安多政教史》里说：“从前，黄河上游在格萨尔王的治理之下……现在这部分地区大多属于果洛藏族自治州。”[1]在所有《格萨尔》史诗中里岭国的神山——也是格萨尔本人的寄魂山——就是雄伟壮丽的阿尼玛卿雪山，位于果洛藏族自治州黄河源头的扎陵湖、鄂陵湖是里岭国的神湖，也是“里岭”国百姓的寄魂湖。此外，还有13座“则拉”（藏语意为“山峰”）和9座“电保”（藏语意为“高山”）等神山，多数在果洛境内。《格萨尔》史诗中的地名，也说明应将英雄所辖地区确定在安多和黄河上游地区[2]。

果洛人认为，果洛的山水养育了“里岭”国人，果洛才是格萨尔的真正故乡。因而果洛是《格萨尔》史诗流传最广的地区之一，形成了本子多、艺人多、遗迹多的特点，从 1972 年至 1990 年在果洛地区就搜集到《征服克才周杰》《尹赛满智宗》《迈努达日宗》等 35 部《格萨尔》的手抄本，并整理出《米孟银宗》《尼泊尔羊宗》等 23 部口头作品[3]。

藏族历史上的第一代赞布聂赤兼并青藏高原上的部落联盟，建立了雅隆王朝，相当于中原地区的秦汉时期。分散的氏族部落长期混战，导致下层人民颠沛流离、生活艰难，呼唤着一位旷世英雄的出现，人们渴望在这位英明的王带领下过上安定的生活。当这些渴望与藏族已有的古老神话、传说、故事、诗歌等民间文学相结合后，一部传唱千年的史诗其雏形就在“仲肯”的不断吟唱中逐渐成型。

10 世纪到 13 世纪的吐蕃王朝时期是藏族历史上十分重要的发展阶段，此间发生的一些重大事件同样成为丰富《格萨尔》创作的素材来源。《格萨尔》里描写的大大小

大雪纷飞的寒冬里，一牧人走在归家的路上。2018 年 2 月 8 日，特合土乡科曲村，图登华旦摄影

# 阿尼玛卿雪山

绵延无尽的高原
奔流入海的黄河
闪闪发光的阿尼玛卿雪山啊
你在心和高原的中央——
许多砸落的阳光
许多飞鸟的啼鸣
许多绿风吹拂的马头
许多黑牦牛走过牧场的幸福
许多眼睛和心的敬意
盛满你脚下的湖水

小近百场战争，很多都是以这一时期真实发生的战争为原型创作的。来自民间的说唱艺人以这些事件为题材，进行演绎，将历史编进《格萨尔》的故事里，到处传唱，极大地充实和丰富了《格萨尔》的内容，并随着吐蕃王朝军队的远征传播到喜马拉雅山南部地区，从而使《格萨尔》得到广泛传播并日臻成熟和完善。

《格萨尔》在传播过程中，主要依靠手抄本与刻本的保存，以及众多民间艺人一代又一代的口耳相传。在长期的流传和演变过程中，《格萨尔》逐渐形成了以下 3 种类型：一是“卡仲”，“卡”在藏语里是“嘴”的意思，“仲”即《格萨尔》故事，“卡仲”即“嘴里讲出来的故事”，是指在民间广泛流传，由民间说唱艺人讲述的故事，是《格萨尔》最主要的流传形式；二是“杰仲”，“杰”是“杰布”的简称，即“国王”的意思，也就是“国王的故事”，在这里专指格萨尔，“杰仲”是与“卡仲”相对来讲的，具有高贵典雅的含义，是指经过文人加工整理的《格萨尔》

黄河源上。2008 年 10 月 28 日，达日县德昂乡，图登华旦摄影

# 太阳照出万物之光

一

融入河流和冰雪之光
融入牧草和花朵之光
融入寺院的清净之光
融入照出万物之光的太阳
以光明回答黑夜的青藏高原
以一种光报答另一种光
以一滴水照耀另一滴水
浮躁无处藏身
爱无处不在

二

太阳泼洒光瀑
浇灌天空和大地
化成漫天飞舞的七彩光羽
织进大风抛出光的金色纱衣
披在雪山、草原和湖泊上
闪耀着五颜六色的圣洁之光

故事；三是"曲仲"，"曲"在这里当"佛法"讲，"曲仲"即"有佛法内容的《格萨尔》故事"。一些僧侣文人，将佛教教义注入《格萨尔》史诗，并按照僧侣的观念和需要全面修编，甚至重新创作，将其作为弘扬佛法的一种通俗读物。

青海是《格萨尔》的故乡，在这片神秘、神奇、神圣的土地上，自古以来流传着多个版本。20世纪五六十年代，青海省就组织了由200多人组成的民间文学调查团，到藏族聚居区进行大规模的普查和搜集工作，收集到民间流传的《格萨尔》手抄本和刻本达28部74种之多[4]。也正因为如此，青海成为发掘、整理、翻译、出版和研究《格萨尔》起步最早的省（区）之一。

2018年7月，300卷包含370部史诗、达8000余万字的英雄史诗《格萨尔王全集》（藏文版）校样编辑完成[5]。《格萨尔》作为世界文化宝库中的一颗明珠，并不亚于美索不达米亚古代的英雄史诗《吉尔伽美什》[6]、古希腊荷马史诗《伊利亚特》[7]和《奥德赛》[8]、印度史诗《罗摩衍那》[9]和《摩诃婆罗多》[10]，它代表着古代藏族民间文化与口头叙事艺术的最高成就，被誉为"东方的荷马史诗"。《格萨尔》作为人类文化遗产中的奇珍瑰宝，从21世纪以来更是引起国内外的广泛关注和高度重视，2009年《格萨尔》被列入《人类非物质文化遗产代表作名录》。

2018年9月19日上午，我们在黄河边见到了来自查朗寺的柔达之后才知道，时至今日，关于《格萨尔》的创作与改编仍然在民间进行着。

1. 见（清）智观巴·贡却乎丹巴饶吉著，吴均等译：《安多政教史》，西宁：青海人民出版社，2017年11月，第55、374页。

2. 见[法]石泰安著、耿昇译：《西藏史诗与说唱艺人的研究》，拉萨：西藏人民出版社，1993年10月，第274页。

3. 见果洛藏族自治州地方志编纂委员会编：《果洛藏族自治州志》，北京：民族出版社，2001年9月，第947页。

4. 见《丹玛青稞宗：<格萨尔王传>》（汉译本系列丛书之一），北京：

牧民们转场前在一起欢聚。2019 年 5 月 7 日，特合土乡夏曲村，牛红旗摄影

窝赛乡卫生院医生保栋才（右）在给一名包虫病患者讲解药品使用说明。2015 年 9 月 15 日，窝赛乡直却村，吴刚摄影

高等教育出版社，2011 年 6 月，第 7 页。

5. 见《< 格萨尔王全集 >（藏文版）校样首次亮相》，《四川日报》2018 年 7 月 22 日第 1 版。

6. 见《吉尔伽美什》创作于公元前 1300 年到公元前 1100 年之间，刻写在 12 块泥板上，是已知最早的文学作品之一。见 [ 美 ] 李翊云讲述，康慨译：《吉尔伽美什的故事》，上海：上海人民出版社，2016 年 6 月。

7. 见 [ 古罗马 ] 荷马著，罗念生译：《伊利亚特》（共 24 卷，15693 行），上海：上海人民出版社，2004 年 4 月。

8. 见 [ 古罗马 ] 荷马著，王焕生译：《奥德赛》（共 24 卷，12110 行），北京：人民文学出版社，1997 年 5 月。

9. 见 [ 印度 ] 蚁垤著，季羡林译：《罗摩衍那》（见《季羡林全集》第 22—29 卷，全本包括约 24000 对对句，分成 7 篇），北京：外语教学与研究出版社，2010 年 6 月。

10. 见 [ 印度 ] 毗耶娑著，金克木、赵国华、席必庄译：《摩诃婆罗多》（全 6 卷，共有 82136 颂，译成散文近 500 万言），北京：中国社会科学出版社，2005 年 12 月。

# 三江源的黄河

弯弯曲曲的黄河
在高原跳舞
她蜿蜒的腰身缠绕雄奇的巴颜喀拉山

风雪的乐队在群山间弹奏交响乐
黄河的主歌溅起水的音符
闪光的波涛从风暴的指挥棒下旋出

无数黄河的孩子
穿山越岭
喧哗着汇集到母亲的大河

转经路上。2019年10月，达日县，何自力摄影

## 高原公路

是缠绕群山依傍黄河的路
是延伸梦想越过高原的路
是带来粮食和衣裳的路
是走出高原和来到高原的路
是时尚与习俗碰撞的路
是久别重逢和渴望飞翔的路
是游子跨越青藏高原回家的路
是陌生人到访和离开的路
是接纳和拒绝的路
是兄弟和亲朋同行的路
是爱与爱相遇的路
是泪水交汇汗水的路
也是母亲等候儿女归来的路

牧民们建设新家园。2018 年 9 月 21 日，德昂乡，牛红旗摄影

# 孤独的风景

黑颈鹤在大地上最孤独的辽阔中飞
它们啼叫着掠过高原湛蓝的湖
投影在白云静卧的涟漪
一只接一只穿过雪峰
越过湖对面的砾石公路
干燥的风畅行于空空的牧场
一件挂在牧场围栏上的外套
因为失去了主人
沮丧地垂挂在光中
鼓荡着满衣襟的风
它焦急等待着主人再次穿着它回家
陪它度过余生——
每当陌生人路过
它便欢心地拍动铁栏杆
远远地朝你伸出空荡荡的手臂

一部关于传统艺术的影像作品在黄河岸边拍摄。2018 年 9 月，达日县，何自力摄影

演唱《格萨尔王》的尼格。2018 年 9 月 19 日，牛红旗摄影

## 高原上的姐妹花

开在高原上的两株白花呀
相依为命的两姐妹
她们在风中搀扶
在雨中把成群牦牛赶进围栏
她们在冰雹急打的冬季牧场
用打湿的藏袍
相互擦拭汗水和眼泪

雪原。2019 年 10 月，达日县，何自力摄影

## 风雪中的查朗寺

天空明镜下的美
绿山花丛中的美
僧袍随风飘扬的美
经堂内法器敲击的美
佛像慈悲的美
诵经声环绕的查朗寺伫立风雪的美
灵魂乘风归来的美
感恩万物哺育的美
是香格里拉馈赠人间的美

阿昂尖措（右）向学生谢曲传授藏文书法技艺。2014 年 2 月 15 日，德昂乡，吴刚摄影

## 大武河

绿玉似滚滚流淌的大武河呀
亲着雪山
亲着草原
亲着姑娘美丽的脸

绿玉似滚滚流淌的大武河呀
流过我的童年
流过我的青年
流过祖先日思夜想的家园

扎德（坐者右一）唱过一段《格萨尔王》，埋下头想起了心事。2018 年 9 月 19 日，牛红旗摄影

## 邦吉梅朵

风吹马头
一坡绿
邦吉梅朵
高原的眼睛
风雪中搀扶的
相依为命的小姐妹
亭亭玉立地站在山冈上——
一朵朵饱含春天的情谊
一朵朵头顶太阳的光芒
一朵朵朝着陌生人和没有尽头的路
望啊望

从
花心
的心
間溢滿孫子
的心間

鹰在天空吹响號角
騎手策馬在格桑花盛
開的草原
姑娘的喝彩注进騎手的胸膛
牧草在馬蹄的狂奔中爆裂
在夕阳里荣归的騎手
望着成群暮云关闭的天空和大地
千万顶帳篷升起的灯盏
2019.元.16.1.

# 恩德

兀鹫穿越死后的未来
湖泊躺在风暴的床榻
雪峰隆起在春风和冬雪交替的高原
黄河、长江流淌在巴颜喀拉山的两侧

身披阳光的候鸟归来了
穿过风雪的骑手归来了
流浪远方的神灵归来了
迷路的孩子归来了

高原以雪峰之光对我说
信仰以飞扬的经幡对我说
阿妈以转经的慈祥对我说
河流以滚滚追逐的波涛对我说

席卷草原和雪山的暴风雪
残酷而深情地锻炼着牧人的意志
关闭天空和大地的太阳
会在新的黎明重新开启天空和大地

# 地

2019.11.21.L1.

春風的酥手梳洗的高原，每一座山峰都居住神灵，每一条河流都寓宿着魂魄，這裏是信仰的高原，也是一壶酥油茶暖熱的高原。

## 前往岗纳格玛错的途中

今天，2019 年 5 月 3 日，我们一早从达日县城出发，再次逆黄河而上，重返距县城 80 公里的特合土乡，然后前往玛多县境内黄河右岸位于三江源保护区内的岗纳格玛错。

我们沿着乡村公路往上走，满目看不到一棵树，不是看不到，因为海拔到了 4100 米，是压根不生长。这里藏族同胞的生活依靠草与禾：高山蒿草、藏蒿草、喜马拉雅蒿草、毛状叶蒿草、矮蒿草、沙生苔草、紫花芨芨草、垂穗披碱草、垂穗鹅冠草、羊茅、异针茅、藏异燕麦、高原早熟禾等。在起伏的灰黄色山峦下，公路左侧是山麓草滩，右侧的黄河滩里生长着一些不及膝深的金露梅灌木丛，草甸上最高的是一排约有军人使用的茶缸口粗细的电线杆，偶尔一只大鵟扇动着翅膀从山坡那边飞过来，落在电线杆上，注视着身下的草甸，机警地寻找着食物。

达日境内的天然草地以高寒草甸为主，植株低矮，亦是最适宜鼠类活动的地区。图登华旦一边开车一边给我们科普：鼠类对草地的危害主要有三个方面：一是啃食牧草，且与畜争粮；二是挖洞破坏草地；三是挖洞造丘，影响土壤肥力。鼠害严重的地方水分蒸发量大，会大面积秃斑、裸地，地表疏松、土质变劣，从而生长一些牲畜不喜欢食用的杂草或毒草。夏秋季的时候，尚能看到一点绿色，到了冬季，草地被牲畜一踩踏，再加上风蚀、冻蚀，就会成为不毛之地的“黑土滩”。“达日县的鼠虫害面积有十多万亩，我们今天要去的特合土乡，还有去年我们去过的德昂乡……”图登华旦伸手指了一下我们公路右边的黄河说，“还有属于吉迈镇的黄河滩地，都是鼠害的重灾区。”

与我们同车的新华社记者何自力问：“有灭鼠计划吗？”图登华旦说：“灭鼠年年进行，但草滩面积太大，加上鼠类繁殖力强，鼠害总是不断。”顿了顿，他又说：

“还有一个问题是，这个鼠类你还真不能都灭掉，因为我们这儿的老鼠个头比一般的大，所以我们称‘高原鼠兔’。高原鼠兔的天敌非常多，比如棕熊、猞猁、艾虎、狼、赤狐、藏狐、狗獾等野生动物。刚才我们看到的大鵟，还有草原雕、苍鹰、猎隼、红隼这样的猛禽，也都是高原鼠兔的天敌。果洛的高山兀鹫是目前国内体积最大的猛禽，它的翅膀展开有两米多长。其实，高原鼠兔这个物种有时也特别好玩，我们平常看到的多是黄色的，但我也拍到过白色的，还拍到过一只黑色的。我曾在德昂乡碰到过一个老乡，他说他家草场里有一只黑色的高原鼠兔，我就想过去碰碰运气，嗨，还真让我给拍到了。为什么有白色和黑色的鼠兔？应该不是变异，就是有病，变异的东西不可能长久。”

说起这些，图登华旦如数家珍。我知道，图登华旦在国内摄影界是以拍摄三江源地区的野生动物与飞禽而著称的。在途中，我们还说起了包虫病。果洛州是个自然灾害频繁发生的地区：1987 年 3 月至 4 月间，达日县连降 7 场大雪，全县死亡牲畜 8.3 万余头（只）；1988 年 2 月至 3 月间，甘德、达日两县和玛沁县西部 4 乡遭受严重雪灾，造成交通中断，群众被困，死亡成畜 89902 头（只）、仔畜 84756 头（只），仅达日县沦为无畜户的就有 124 户，少畜户 797 户；1990 年 3 月至 4 月间，达日、玛沁、甘德、班玛连降大雪，困灾死亡的成畜 11.12 万余头（只）；1991 年 2 月，玛沁、甘德、达日等地区遭受雪灾，大量牲畜因冻、饿而死，100 多人患雪盲、50 多人冻伤；1993 年 1 月 7 日，果洛全境普降大雪，气温持续在零下 36℃至 40℃之间，全州有 30 多个乡遭灾，7250 万亩草场被覆盖，53000 人受困，死亡牲畜 60 万头（只），经济损失 7300 万元[1]。果洛州除去雪灾还有地震，还有夏季的洪灾、冰雹、大风，以及我们刚刚说过的鼠害与包虫病。图登华旦告诉我们，包虫病并不传染，主

特合土乡，黄河在这里由南向东转了一个弯。2019 年 5 月 3 日，牛红旗摄影

# 回望德昂乡

一

在烧着生铁炉的房子里
客人们围坐圆桌喝茶
才让卓玛的女儿在围裙上擦干手
端来一盘红艳艳的油桃
悄悄退到一旁
一只只桃子在烈日下冒着缕缕寒气
仿佛走了很远的路
当我们拿着桃子赞美她
两坨高原红的脸颊立刻荡漾起羞涩的笑容

二

圆月镀亮德昂乡的一排排白房子
吹过牧草摇动的风

红色的拖拉机载着深夜的暴雨
奔跑在自身的梦中

晚睡的人围坐火炉
饮下倒满月光的醇酒

远方的人在远方
淋着幸福的雨

桑姆卓玛的儿女都已各自成家，听说女儿今天要带着外孙回来，她高兴得等不到刚下的冰雹融化，就走出了毡房。2018 年 9 月 18 日，建设乡撒那牧委会，牛红旗摄影

牧民小伙把牛群赶到牧场后，跑到黄河边找到有信号的地方玩起了手机。2018 年 9 月 20 日，牛红旗摄影

# 藏戏

一

阿吉拉姆中的七姐妹
六百年前唱佛经故事的七姐妹
以顿的开场、雄的传奇、扎西的祝仪
唱完戴蓝面具的祭神歌舞

卫藏宗寺的僧侣和朝圣者使它远播
各地的藏戏班子每年赶到拉萨支差
八种阿吉拉姆在“哲蚌雪顿”节登场
锣鼓敲响拉萨的大街小巷

二

没桥的雅鲁藏布江
掀翻过数不清的牛皮船
许多想过江的百姓
被咆哮的江水吞吃
高僧唐东杰布说服七位能歌善舞的姑娘
表演佛教故事
筹钱建桥
七个姑娘的歌声响彻雪山高原
令越来越多的人动心
有人献出钱财
有人布施铁块
有人送来粮食
一批农民、工匠跟随他们
从一个工地走到另一个工地
在雅鲁藏布江上架起五十八座铁索桥
打通了大江两岸

要因为一些人在接触动物和环境中缺乏卫生常识，爱喝生水。特合土乡曾是包虫病的重灾区，以前曾经有 7 户人家因包虫病而绝户。包虫怕高温，不怕冷，冬天蛰伏在冻土里，第二年挖出来还活着；寄生在人体里的多是小虫子，像囊肿。现在好多了，国家和政府对此非常重视，做宣传，让人不喝生水。

图登华旦说："其实，在扶贫方面，不是现在，国家很早就着手了。"在 1991 年，达日县先后在窝赛、吉迈、莫坝乡组织无畜户 57 户、264 人分别组建 3 个扶贫联社，在全县范围内组织少畜户 123 户、681 人分别组建 15 个扶贫联组。1995 年 5 月，果洛州成立了扶贫开发局，内设扶贫项目管理科、乡镇企业管理科；1985 年至 1995 年国家给班玛、达日拨贷扶贫资金 1.1 亿元，主要用于草原基础建设，包括灭鼠、治理"黑土滩"和畜种改良；帮助贫困户购买适龄母畜，提供农药、兽药、化肥和籽种；修建护田坝、吊桥、人畜道路和饮水工程、羊浴池及微型水电站、敬老院；扶持贫困户经商搞运输，架设民用输电线路等。

听图登华旦所说的，感觉他对这个地区特别熟悉，后来我们才知道，原来他在 2015 年至 2017 年间曾经在特合土乡任过脱贫攻坚第一书记。也是在特合土乡，图登华旦请到了说唱艺人关确丹增为我们演唱《格萨尔》，我们还见到了从特合土寺来村里讲经的拉多堪布。

1. 参见果洛藏族自治州地方志编纂委员会编，《果洛藏族自治州地志》，北京：民族出版社，2001 年 9 月，第 54—60 页。

# 孩子的家

阿妈点燃牛粪升起的炊烟
阿爸骑摩托穿越风雪带回的食物
就是孩子们围坐火炉
咀嚼糌粑温暖的家

阿妈冒着风雪挤回的牦牛奶
阿爸端坐毡毯弹响的弦琴
就是兄弟姐妹
吃饭活命的家

高原明净，草场辽阔，藏女在放牧，琥珀项链彰显着财富。2018 年 9 月 18 日，牛红旗摄影

## 赛马会

鹰在天空吹响号角
骑手策马在格桑花盛开的草原

姑娘的歌声注进骑手的胸膛
牧草在马蹄的狂奔中爆裂

骑手在夕阳里荣归
暮云成群关闭了天空

千万顶帐篷升起的灯盏
点亮了绿风起伏的草原

人们围绕格萨尔的精神火焰
彻夜歌舞

赛马称王的格萨尔王
从老人的心间溢满孩子的心间

牧民们从秋季草场往冬季定居点送过冬的燃料——牛粪。2017 年 3 月 12 日，满掌乡，图登华旦摄影

## 唐蕃与党项古道

直到2018年9月去往果洛之前，在重温“世界屋脊”这一概念时，我才弄明白青藏高原占我们祖国960万平方公里国土面积的1/4。

在以往的岁月里，这最基本的常识却被我所忽视：1/4，什么概念呢？可以说，我们有240多万平方公里的国土面积都在海拔3000米以上，这里分布着不同的高原、谷地、湖泊与盆地，这里是三江源，还有像怒江（萨尔温江）、森格藏布河（印度河）、雅鲁藏布江（布拉马普特拉河），以及塔里木河这些流向东、西、南、北不同方向的亚洲长河的发源地。高原周围大山环绕，北部是阿尔金山、祁连山；中北部东西横贯高原的有昆仑山，且到了高原东部青海果洛境内分出了巴颜喀拉山[1]与阿尼玛卿山[2]，就像一个巨人的两条腿，站立在青藏高原上，而在两山之间的高原谷地，就是孕育我们中华文明的母亲河——黄河的源头。这片神秘的让无数人向往的果洛达日草原，就是我们这次行程的终点。

2018年9月18日早晨8点，我们[3]乘坐MU2199次航班，从西宁飞往位于阿尼玛卿山腹地的果洛州所在地玛沁县大武镇。9点55分，飞机起飞后不久，我们就看到黄河像一条绵绵的飘带在海南州境内无尽的山峦之中闪闪发亮。

高原上的唐蕃古道兴盛于唐，东起西安，往西北经兰州、西宁、湟源，再转弯一路向西南经三江源的玛多、玉树进入西藏，止于拉萨，全长约3000余公里，其中果洛境内的250公里主要经由姜路岭、黑海、花石峡、长石头山、玛查理、柏海、巴颜喀拉山，为唐朝与吐蕃之间频繁的政治、宗教、经济、军事和文化交流服务，同时也是古代中国通向西亚的路径。

古代通往果洛腹地的另一条交通要道是党项古道。党项古道起自东汉，又以黄河为界分南北两道。黄河从源头玛多出发，在巴颜喀拉山脉与阿尼玛卿山脉间的谷地一路向东南，成为玛沁、甘德，与甘肃的玛曲和果洛的达日、久治的界河，这包括了1954年果洛藏族自治州建政后所

大雪纷飞，牧人前往牧场查看牛群。2019 年 5 月，达日县，张斌摄影

雪中的老马和没有来得及收回的衣物。2019 年 5 月，达日县，张斌摄影

# 无树的高原

众山耸立
望不见一棵树
草甸子怕被风吹走
紧紧抓牢地面
牧草倒伏在地
已被狂风吹弯
草原河流纵横
遇不到一棵树
绿绿的星宿海
长满及膝的黑刺林
它们是青藏高原最高的灌木
也是生命最绿的尊严
我面对草原和群山被烈日暴晒的裸露
忍不住想念一棵树
投在地面的阴凉
就像口渴的人想念一眼山泉——
盛满日光
荡漾着阵阵清凉

达日县一处牧场，一名孩子正在玩耍。2015 年，吴刚摄影

管辖的 6 县中的 5 县（除巴颜喀拉山南麓长江流域的班玛县之外）。因为阿尼玛卿雪山的走势，上游黄河在进入甘肃玛曲境内后，像是眷恋这片土地，在玛曲境内又回过头来由东南走向改为西北走向，沿着阿尼玛卿山的北麓流向黄南藏族自治州，黄河在果洛境内的流程达 700 多公里，形成了上游的第一道“几”字湾；在进入海南州后又一路向北，然后又转道向东，构成了一个巨大的上大下小的“S”弯，使得黄河像一条巨龙在青藏高原的东部盘踞着。而党项古道则以巴颜喀拉山脉与阿尼玛卿山脉谷地之间的黄河为起点分南北两道。

党项古道的南道起于吉迈镇，往南经莫坝、班玛，在折向东北往年宝、久治等地后折头向南进入四川境内的阿坝、红原后再抵松州，最终到达成都。北路同样起于今达日县的所在地吉迈镇，过黄河后经甘德与玛沁，再渡黄河经拉加镇往北经海南州的贵德与海东地区的化隆去往甘肃的临夏。

1. 巴颜喀拉山，中国青海省中南部山脉，西北至东南走向，为昆仑山东延部分。西与可可西里山相接，东抵松潘高原和邛崃山。海拔多为 4500 米左右，主峰海拔 5369 米，北坡缓坦，南坡深切，多峡谷，为黄河与长江上源段的分水岭。

2. 阿尼玛卿山，亦称“积石山”，藏语意为“祖父大玛神之山”，在青海省东南部，延伸至甘肃省南部，为昆仑山脉东段中支，西北至东南走向，长约 200 千米，宽 60 千米，海拔 4000 至 5000 米。其中海拔 5000 米以上的高峰 18 座，发育现代冰川 30 条。主峰玛卿岗日海拔 6282 米，终年积雪。黄河绕流东南侧，阿尼玛卿山有丰富的珍贵野生动物和矿藏。

3. 这里“我们”指“影像见证新时代 聚焦扶贫决胜期”2018—2020 大型影像跨界驻点调研创作组成员：来自新华社的记者、摄影家陈小波、何自力、吴刚，来自云南、宁夏、青海的摄影家马宏波、牛红旗、图登华旦，来自山西的画家李兴骏，来自河南的小说家墨白、诗人与评论家江媛。

# 青藏高原的童年花

盛满太阳之光的格桑花
盛满童年之糖的蜜罐罐花
盛满药物恩德的绿绒蒿花
母羊遗落胎房长出的羊羔花
开在四千米雪峰上的雪莲花
陪小孩玩勾花游戏的铃铛花
掐着“噼啪”作响的龙胆花
开在湿地的水晶晶少女花
就像许许多多高原人的童年
开遍草原和山坡
成为果洛人的童年花

牛粪晒干了就得马上收拾起来，否则不一定啥时候就会被雨打湿。2018 年 9 月 18 日，牛红旗摄影

# 经幡的树林

有多少迷路的灵魂
在高原游荡
就有多少经幡的树林
在高原飘扬

空荡荡的雪山草原
走着空荡荡的人
人们在插满经幡的草原和山坡
找到方向和温暖的力量

黄河边经常出现这样的画面，妇女蹲在牦牛身旁挤奶，丈夫坐在草地上远远观看。2019年5月4日，牛红旗摄影

黄河多利多卡渡口边的藏族妇女。2019 年 5 月 5 日，牛红旗摄影

## 特合土乡的厨房

刺目的阳光垂落光瀑
将万物从暗深的阴影里剥了出来
卓尕姑娘和阿妈在厨房里做饭
挂着水粉色纱帘的金属门内
坐着远方的来客
他们甩掉鞋上从达日县城带来的雨泥
接过卓尕端来的酥油茶和糌粑
大口地吃
他们藏在黑墨镜后的眼睛里
装满高原的传奇和应接不暇的色彩

去黄河边挑水的妇女。2019 年 5 月 2 日，牛红旗摄影

## 心 事

云投影在千万个湖上
说出高原的心事
风吹绿一片片草原
吹开花朵红了姑娘的心事
白帐篷移动在山与山之间
搬移着牧人的心事
快要娶亲的小伙
端详着未婚妻的照片
盘算着嫁娶的心事

## 沿着黄河前行

这一天到达果洛机场后，果洛州税务局的旦正才让和摄影家图登华旦来接我们。我和陈小波先生、江媛女士有幸与图登华旦先生同行。图登华旦 1964 年出生在当年他父亲工作的玛沁县大武镇。父亲退休后，图登华旦就跟父亲回到了达日县，在文旅广电局任职。或许是命中注定，正是因为这天的旅程，使我日后与图登华旦成了贴心的好兄弟，且随着交往，我对他在三江源野生动物摄影领域所做贡献的了解也日益深入；也是通过他，我对生活在果洛的藏族同胞有了更广泛、更真切的认识。

从海拔 3700 米的大武往海拔 3970 米的达日，地势逐渐走高，所以图登华旦说从大武往达日时是上去，而返程则说是下去。也就是说，我们这天跟着图登华旦是沿着 101 省道一路往上走。路途中，在甘德境内我们时而会看到路边有成排新建的房舍出现，那些房舍有的是砖木结构，有的是钢筋水泥结构。当陈小波先生问起这些建筑的出处时，图登华旦说："这些都是不同省份的对口单位出资为当地游牧民修建的固定居住地，由于援建单位不同，房屋的建筑材料也就不同。"说着他伸手指了一下从我们身边闪过的房屋又说："像这种彩钢结构的，因墙壁是金属材料中间填入塑料泡沫，所以保暖性能较差。"随后他还幽默地说："就像那些在睡梦中接受说唱《格萨尔》的艺人一样，在 101 省道两边，我们已经很难找到有牧民自己出钱建造的房屋。"我们的话题由此转到了《格萨尔》。图登华旦说："我们果洛草原上有句谚语——岭国每人嘴里都有一部《格萨尔》，意思是说生活在雪域之邦的每一个藏民，都会讲述《格萨尔》故事。千百年来，《格萨尔》能历久不衰并广泛流传，主要应该归功于藏语称作"仲肯"或"仲哇"的民间说唱艺人。

《格萨尔》说唱艺人有托梦艺人、顿悟艺人、闻知艺人、吟诵艺人、藏宝艺人、圆光艺人、掘藏艺人这几种类型[1]。按照传统说法，前辈高僧将《格萨尔》经典藏于深山岩洞或其他隐秘之处，以免失传，能将这种“宝藏”挖掘出来的人，被称之为“掘藏艺人”。上面几种类型中，“托梦艺人”最为神奇，这类艺人大多说自己在青少年时代做过一两次神奇的梦，有的艺人甚至连续数日睡不醒，不断地做梦，梦中会产生各种幻觉，仿佛亲眼看见或亲身经历格萨尔王征战四方、降妖伏魔的英雄业绩。梦醒以后，他们一般都要大病一场；随后突然像换了一个人，神采飞扬、才思敏捷，脑子里如同过电影似地不断出现《格萨尔》故事的画面，心里则有一种抑制不住的激情和冲动，有一种强烈的愿望要讲《格萨尔》故事，不讲不痛快，不讲心里难受。他们一旦开口，就如同大河奔流，滔滔不绝、不假思索、脱口而出，一讲就是几天、几月、几年，甚至一辈子也讲不完[2]。藏族人类学家格勒博士[3]对这类通过做梦学会说唱《格萨尔》故事的艺人亦无从解释。在他看来，广袤雄丽的青藏高原，山山水水中都弥漫着令人不解的神秘气息。在那儿，即使不信有神授之说的人，也会发觉那些托梦艺人有着惊人的记忆力，令人感到不可思议。

后来，我结识了达日县德昂乡的说唱艺人依果，他是《格萨尔》说唱艺人中通过阅读书本得道的“吟诵艺人”。2019年5月2日，在三江源自然保护区内的特合土乡，我又结识了前文说过的《格萨尔》说唱艺人关确丹增。但和依果老人有所不同的是，1969年出生的关确丹增是靠父亲的传授开始演唱《格萨尔》的。从未读过书的关确丹增从8岁起就一边在黄河边放牧，一边学习演唱《格萨尔》。那天他在黄河边的草甸上坐下来，手执黄色的哈达给我们唱了一段《格萨尔·霍岭大战》里格萨尔手下一名大将单枪匹马去偷袭敌营

藏族牧女尕忠早晨在自家的冬季草场上放羊。2017 年 12 月 6 日，特合土乡夏曲村，图登华旦摄影

今天是周末，东华和女儿一块儿去乡上卖牛。2018 年 9 月 22 日，牛红旗摄影

的故事。

在路过甘德县城所在地西面柯曲河畔的柯曲镇时，图登华旦告诉我们："柯曲镇有一个海拔4300米的德尔文村，在村里860多名牧民中，大约80%的牧民都会说唱《格萨尔》史诗。村里人至今深信格萨尔是天神之子，能为他们消灾解难，并认为自己就是格萨尔及其追随者的后裔。因而村里会定期举行一些与《格萨尔》有关的艺人竞赛或者格萨尔马背藏戏的活动。"尽管现代文明已不可避免地到来，但村里的很多人仍沿袭着祖辈日出而作、日落而息的放牧生活，村民的思维里也依旧保留着《格萨尔》史诗时代的纯洁想象，对《格萨尔》史诗仍然保留着最原始的信仰，并且口口相传，每当人们见到美丽的女子，就会说她像格萨尔的王妃珠牡。遗憾的是，这次我们虽然路过德尔文村，却没能到村里去看看。

这天，图登华旦驾驶的越野车沿着101省道过了上贡麻乡后，很快就和黄河并行了。由于黄河和巴颜喀拉山，我们说到了李伯安[4]和他的《走出巴颜喀拉》[5]，说到了何向阳女士的《自巴颜喀拉》[6]。据何向阳在这本走马黄河的图书后记里透露，因当时心肌缺血，2000年左右她沿着唐蕃古道到过海南州的同德境内，这与1987年那次被誉为"人类漂流史上前无古人的一次壮举"的黄河漂流有关。

1987年4月至5月间，由生活在黄河下游的一群热血青年自发组织的河南黄河漂流探险队到达了海拔5000多米的约古宗列曲和卡日曲黄河源头下漂，先后抵达两源汇合处后，又经20多天的艰苦拼搏，终于冲出了平均海拔在4500米以上的河源地区，到达玛多县城。2001年3月间的一个下午，当时身为漂流队随队记者的马云龙，在一次聚会上为我们讲述了他的亲身经历：当年队员们进行了一天的休整后，于5月26日

牧场的早晨。2019 年 4 月，桑日麻乡，吴刚摄影

## 褪毛的藏狗

在次此河流淌的山脚下
在主人盖在河畔的三间房的大门口
褪毛的藏狗宛若披着一身破棉絮
冲着陌生人狂吠
拴它的铁链随着它抓扑跳腾
在地面划出道道浅沟
发出铁环撞击的声响
这只很久没见过生人的藏狗
狂躁地咆哮着
震荡着河谷中的几只斑头雁
惊慌失措地飞逃

下雪天，牛马去不了草场，牧民就给它们在雪地里撒些干草料。2019 年 5 月 6 日，牛红旗摄影

## 目不暇接的美

来到达日高原
我站在高山的脚趾上
有时看到太阳从雪雹中翻滚而出
有时看到风吹得草木要拔地起飞
我抓牢大地
一看到姑娘眼睛里的清泉
立刻变成她们唱出的歌声
飞过白云和湖泊
急着约会野花
进入光中的黄绿

## 挖虫草

为了六月的赛马会
我们挖
为了一年的粮食
我们挖
为了嫁出女儿娶回媳妇
我们挖
我们用短把的锄头在山坡上挖
我们用手在草滩挖
我们早出晚归挖
我们头顶风雪挖
我们冒着暴雨挖
我们挖呀挖
四十九天绿坡上的汗水和喘息
就是我们一年的劳作
四十九天风雪与暴雨中的搜寻
就是我们一年的收成

清晨继续下漂，在他们拐过果洛境内的“几”字弯后，在玛沁县附近的拉加峡不幸损兵折将。6月17日天空下起了雨，望着不断上涨的河水，听着从河谷里激流瀑布发出的咆哮声，在连绵的雨水里漂流队员们一直焦急地等到19日下午3点半，考虑到不能让接应者等待时间过久，他们决心放船冲滩。5分钟后，漂流队的船只被激流打翻，5名队员在冰冷的河水中拼搏着，最终仅有袁世俊昏迷后侥幸随船漂至回水处得以获救。6月20日上午，朱红军、郎保洛、张宁生和雷建生的遗体先后在海南州兴海境内的黄河唐乃亥段和同德境内的秀麻乡段被发现。

这天中午，当我们的车在黄河边停下来时，我贴近黄河的渴望近乎迫切，听着从湍急的水流涌出的浪涛声，我的眼前竟幻化出那些从激流里漂过的身影。这时，一位身穿藏袍的青年骑着摩托车从对面的黄河大桥朝我们飞奔而来，一晃，又从我们身边骑过去，藏袍的下摆被风吹起来像旗帜一样在身后的空中舞动。我们把目光收回，在黄河的对岸，那片被正午的阳光所照耀着的城区，就是我们要到达的达日县城。

在我们站立的右手边那飘满五彩经幡的山坡上，是甘德县上贡麻乡的哇岩寺。2019年5月1日下午，我们在前往查朗寺的途中，在查朗寺东边开阔的草地上，见到了果洛和平解放纪念碑，是2008年经中共达日县委、达日县人民政府批准投资在这里修建的。达日境内还有一座果洛建政纪念碑，位于县城前往久治的途中。这两座纪念碑现都已列为爱国主义教育基地。1954年1月，果洛藏族自治州政府在吉迈镇正式成立，至1958年，全州共辖前文我们说过的甘德、久治、班玛、达日、玛多、玛沁6县。

图登华旦说，果洛州府在1960年至1961年由吉迈迁驻大武的时候，他还没有出生。而在果洛建政以前，

牧民在有机牧场内放牧。2015 年 9 月 14 日，果洛藏族自治州，吴刚摄影

## 诵经的汉子

正午
黑刺林簇拥的山坡上
紫花片片
珠姆背水的草海子
经幡飘扬
骑摩托经过的汉子
停在一头被高山秃鹫抢食的牦牛前
一遍遍诵读六字真言
他要送它的灵魂去香格拉
他求菩萨保佑这个生灵
尽快从轮回里解脱

这里处于封建部落割据状态，当时人们最基本的生产活动是游牧、狩猎和采集业，方式原始落后，人民生活极其贫穷。由于这种发育程度极低的社会形态和几乎与世隔绝的地理环境，长期以来，果洛一直被人们视为一个遥远而神秘的地方。

1. 见索穷著：《<格萨尔王传>及其说唱艺人》，拉萨：西藏人民出版社，2003 年 1 月，第 75—85 页。

2. 关于“托梦艺人”的说法原出自降边嘉措主编：《<格萨尔>大辞典》，北京：海豚出版社，2017 年 3 月，第 702 页。

3. 格勒，藏族，1950 年 5 月 1 日出生，国际知名藏学家，主要著作有《论藏族文化的起源、形成与周围民族的关系》《藏族早期历史与文化》等。

4. 李伯安（1944 年 7 月—1998 年 5 月），河南洛阳人。他历时 10 年创作的人物长卷《走出巴颜喀拉》，以其高昂的立意、恢弘的气象、独具个性的绘画语言，把水墨人物创作推上了新的高峰，是中国美术史上最富民族精神、最具震撼力的史诗性水墨人物长卷作品。

5.《走出巴颜喀拉》，高 1.88 米、长 121.5 米，具体描绘了 266 个神态各异的藏族人物。全画共分圣山之灵、开光大典、朝圣、哈达、玛尼堆、劳作、歇息、葬戏、赛马、天路 10 部分，以黄河为构思依托，展示的是藏族人民浩荡的群体形象，倾注了对人类生存的关注与对生命的哲思。

6. 何向阳著：《自巴颜喀拉》，北京：中国青年出版社，2001 年 3 月。

# 河谷里的日子

斑头雁鸣叫在纷雪中
高原绿复苏在达日河冲刷的河谷里

花朵盛开在风暴捶打的草原
鸟群栖息在河流盘绕的草滩

儿女长大在毡帐里
日子熬煮在阿妈的酥油茶里

在春风和冬雪交替作客的山路上
在曲流和沙洲盘绕的草海子

牧人赶着牛羊
迁徙在冬牧场和夏牧场之间

而我们
满目泪水的我们

却在远方失去远方
在草原呼唤草原

清晨，藏族妇女在牧场。2019 年 4 月，桑日麻乡，吴刚摄影

## 爱慕高原的人

阳光在藏袍的花纹间流淌
月光在姑娘镶嵌宝石的项链和耳环上闪烁
冰雪之光在藏家汉子的腰刀上跳跃
植物的绿光在山坡上回环
爱慕高原的人
凝望猎隼的双翅越过白云的天际
爱慕高原的人
一只眼睛凝望青藏高原
一只眼睛凝望黄河
久久地沉思
爱慕高原的人
是高原送往异乡的孩子
归来时
一个人站在春天染绿的白帐篷前
越过守候故乡的河流
飞快地跑到家门前
抱着阿妈狠狠地哭
抱着阿爸狠狠地笑

雪中转场。2019 年 5 月 7 日，牛红旗摄影

## 黄河边的德昂乡

依果老人的家乡位于达日县城东南70多公里处的黄河岸边，2018年9月22日上午，我们见到了德昂乡的乡长刚强。她告诉我们："德昂乡政府包括书记、乡长在内共有23名工作人员，全乡包括德昂寺里的123名僧人在内总共654户3473人中，基本全是藏民，只有少数人出外打工，大多数都留在这里从事畜牧生产，因而牧民思想相对保守。2013年，特别是2015年实行扶贫攻坚政策以来，这里实行了定居项目，进行危房改造、易地搬迁，冬季草场有冬窝子，夏季草场有夏窝子，房屋大多是自己建的，有35%靠政府资助，全乡630户人家已经有了固定住所。"

刚强毕业于果洛藏族自治州民族师范学校，丈夫和她一样也是一名基层干部，只是在另外一个乡任职，她们家里有两个孩子，一个读高中、一个读初中，都是寄宿。孩子的爷爷身体不太好，奶奶又去世早，工作加家庭，平时生活压力比较大，因此也有迷茫的时候。

刚强告诉我说："现在乡里的主要工作是精准扶贫、维稳、生态保护。比如对于生态保护，我们把牧民分档，二三档的牧民家都会选一名管理员，管理的范围是冬季和夏季的草场、黑土滩、河道，每名管理员都身兼数职，一名管理员每个月发1800元。截至2018年，全乡天保管护员共63人，草原管护员共116人，生态公益林管护员40人，湿地管护员2人。其实，生态保护工作就是精准扶贫工作的组成部分。"

刚强乡长说："我们乡共有唐什加、莫日合、康隆3个行政村，9个牧业合作社。2016年、2017年识别贫困户总共180户786人，从2016年到2018年我们脱贫119户528人，目前我们乡还有贫困户82户373人。到2020年扶贫攻坚还有两年时间，工作压力虽然大，但我们还是有信心的。为什么有信心？从扶贫上讲，政府力度大，县里有12个行业都涉及精准扶贫：交通有交通扶贫，文化有文化扶贫，卫生有卫生扶贫，教育有教育扶贫，就连金融

牦牛成群，是藏民每天早起都能看到的好风景。2018 年 9 月 21 日，牛红旗摄影

一群藏原羚在高原晨光的雪地上觅食。藏原羚是国家二级保护动物。2016 年 4 月 7 日，特合土乡科曲村，图登华旦摄影

# 拉多堪布回忆童年

一半湖里的鱼冻在冰里
一半湖里的鱼游在水中
拉多堪布觉得冻着的鱼在湖里冬眠
做着春暖花开的梦
他喜欢绿绒蒿头顶黄艳艳的大花在风中摇摆
他喜欢斑头雁啼叫着飞过头顶
在他的情感里
蓝天白云和绿草场就是心中的故乡
开满野花的牧场就是童年的乐园
他见过寒流像冻雾一样飘过畜群时
黑牦牛倒地冻死
以发青的眼睛瞪着人世
他背着二十斤糌粑
步行十五天到五明佛学院求法
一路风餐露宿
他喜欢夏季黄河边五颜六色好看的石头
可是现在没有了
他喜欢八十个湖泊相连的玛多
可是现在没有了
他喜欢长着一望无际的苜蓿的牧场
可是现在没有了

也有扶贫。比如教育，国家实行9年义务教育，学生不准辍学，住宿不收费，政府有补助……一切都在有序进行，但就是工作量大。你说，我们有的牧民光草山就八九千亩，冬季还好些，有固定地点，夏季我们的服务面积就大了。

“不光是脱贫工作，还有宗教工作。虽说乡里有宗教干事，县里统战部有派到寺院里的指导员，但寺院里的僧人多是当地人，虽然生活上也接受社会资助，但大多由自家人来供养，也算是社会供养。这就跟政府有关系了，他们的家人还是牧民，寺院里的僧人和牧民有着千丝万缕的联系。基层工作就是这样，千头万绪，不说别的，光民政这一块我给你算一下：我们乡现有70岁以上高龄人员80名；特困供养人员22名；全乡残疾人119名，这其中包括多重残疾、精神残疾、视力残疾、听力残疾、言语残疾、肢体残疾、智力残疾；低保人员有599名。这么多低保人员和残疾人员，工作说来就来，比如发放物资。”

2018年9月20日我们来到德昂乡政府时，正好碰到许多牧民来领取县民政局发放的物资，包括两袋米、两袋面、两袋青稞。初来那一天，我们见到乡政府院子里靠近大门处停放着一片农耕机械，有耕地机、播种机、收割机等，后来副乡长马明青告诉我们，那是村里合作社的，都是上海援建和县里农办资助的。这个合作社主要是种植牧草，而草地大多集中在黄河边。

1987年出生的马明青老家在甘肃，从青海黄源畜牧学校毕业后来到这里工作，现在主要负责乡里的维稳工作。维稳工作主要是解决家庭纠纷，包括婚姻纠纷、财产纠纷。一般来说，村里都有调解委员会，比如依果老人的大儿子根噶，就是村民组的民事调解员。

# 吃糌粑的黄昏

黄昏
默默地吃下糌粑
五根手指聚拢养命的粮食
沾满阿妈的期盼
五张吃糌粑的嘴都是阿妈儿子的嘴
三张吃糌粑的嘴都是阿爸女儿的嘴
一家人围坐在火炉旁
看着小女儿将干牛粪倒进炉膛
被火苗映红的脸
想起即将嫁出的女儿
就要分走家人一半的心
归来已成座上客
想起将要娶回的媳妇
就要在寒冬捡拾牛粪垒砌长长的牛粪墙
为家人和牛马阻挡暴风雪
想起女儿的嫁妆和儿子的聘礼
被赶走的牦牛和被送来的牦牛
在陌生的畜栏内呼叫着张望
想起即将到来的分离和相聚
一家人又是落泪
又是欢欣
千万顶帐篷里被阿妈照看的孩子啊——
动动哪个都扯疼阿妈的心

母女。2018 年 5 月，达日县特合土乡，何自力摄影

# 疾驰在夜路上的人

黄昏，狂风掀动每一座山
奏响高原的交响乐
黄河缠绕着群山的腰肢
滚滚湍流
在深夜寂静的山间公路上
一个又一个驾驶摩托车的汉子
牵挂着黑色群山中
一个又一个母亲和妻子的心

## 亚洲水塔

2018年9月与2019年5月，我们以达日县城为起点，多次沿着黄河行走，往上到玛多境内的三江源核心区，或往下过甘德县的夏日乎寺至久治县门堂境内的黄河谷地，沿黄河一线行程近400公里。路途中，在两岸巴颜喀拉山与阿尼玛卿山连绵的山脉里，众多的支流像毛细血管一样注入黄河，使黄河的气势越来越大。

作为三江源地区拍摄野生动物的摄影家，图登华旦告诉我们，他几乎走过这里的每一条沟，走过这里的每一道山梁。三江源位于青藏高原腹地的青海省南部，平均海拔3500—4800米，可可西里山及唐古拉山脉横贯其间，这些山的海拔普遍在5000—6000米，高大山脉的雪线之上冰川广布、河流密布、湖泊沼泽众多，是世界上海拔最高、面积最大、湿地类型最丰富的地区，而且地下水资源蕴藏量也很大，因此成为我国乃至亚洲的重要水源地，素有“亚洲水塔”之誉。

三江源区的河流主要分为外流河和内流河两大类，有大小河流180多条，外流河主要是通天河[1]、澜沧江[2]、黄河[3]三大水系，支流有雅砻江、当曲、孜曲、结曲等大小河川并列组成。黄河源头的约古宗列曲与卡日曲汇合后，形成黄河源头最初的河道——玛曲。玛曲，当地藏民也叫“孔雀河”。这一段河道，河宽水浅，流速缓慢，因而形成大片沼泽、草滩和众多的水泊。登高远眺，只见数不清的水泊在阳光下闪闪发亮，犹如孔雀开屏一般。玛曲向东流过16公里长的河谷进入著名的星宿海。星宿海，在历史上曾被用来表示整个黄河源头地区，可以说是黄河出山东行后的第一个“加油站”。另外，扎陵湖和东边与它相距不远的鄂陵湖，是黄河源地区最大的湖泊。图登华旦说：“夏季这里湖水碧蓝，湖里的鱼类有十几种，我曾在20世纪80年代的果洛刊物《白唇鹿》上见到一张图片，画面上一个小伙子捕了一条和他身高差不多的鱼，那小伙子身高至少也有1.70米。夏季你往湖边一站，鱼群就拥了过来；你蹲在湖边，手往水里一伸，5 个手指都会被鱼咬上。”

三江源的野生物种，无论是水里游的、地上跑的，还是空中飞的，图登华旦都拍到过。他告诉我，他还拍过雪豹。雪豹？对，雪豹。图登华旦说：“雪豹是雪山之王，不太容易被拍到，十几年间我只遇到过两次：一次天快黑了，一次它卧在黑洞里。在玛多，有一次一个老乡告诉我，他遇到过一只躺在雪地上的雪豹，在雪豹的身边还有一只岩羊，他看到那只雪豹走起路来摇摇晃晃的，看那架式应该是醉了，不是喝酒醉了，是喝了血之后醉的，是醉血。那只雪豹刚杀死了一只岩羊，它不先吃肉，而是先喝血，等把热血喝完，那只雪豹就醉了，醉血。真是太神奇了……可惜没让我赶上，如果让我赶上，我

达日县境内的黄河湾。2019 年 4 月，吴刚摄影

# 蓝盐

一只猎隼飞向山顶
几只鸟站在红屋檐啼叫
野狗懒洋洋地穿过门前的空地
我们穿过一路风雪走进特合土乡的艳阳
姑娘从窗口端出牦牛肉和酥油茶
我们蘸着蓝盐的忧郁吃
在九月
藏女摘回蓝葱的花
晒干捣碎
为吞进幽暗肚子的食物
加一点天空的蓝和命运的咸

冬日清晨，两只雄性藏原羚在草原上角斗争领地。2018 年 12 月 6 日，特合土乡科曲村，图登华旦摄影

# 德昂乡的小茶馆

女主人掀开棉门帘
吃早餐的男人们陆续走进来坐在靠椅上
女主人逐个为他们斟满奶粥
茶炉上煮沸的酥油茶的蒸汽
在诵经声中袅袅飘荡
茶客们目光深邃地从陌生人身上审视外部的世界
陌生人在听不懂的藏语里
揣摩高原的居民
在这家高山脚下燃烧着铁炉的小茶馆里
没有一个藏人不擅长歌舞
没有一个女人不庇护家人
没有一个男人不善于骑马
没有一个孩子不热爱母亲
没有一把藏刀不闪耀太阳的光芒
没有一种茶馆外的死——
不令人动容

达日县境内的黄河。2019 年 4 月，吴刚摄影

# 隐忍的洞穴

高原女人，骨头被风暴捶打过一百次
一旦陷入爱情
男人又给她加重了五十次
为了摆脱舌头和观念之鞭的抽打
高原女人以苦役和不幸的利铲
朝自己的身体内部挖掘
她们迅速衰老的容貌刻满艰辛的皱纹
包藏着曾经鲜活却被榨干的灵魂
她们包容不干活却享乐的丈夫
遇上掀翻自己的风暴
常常狼狈不堪地爬起来
挥动痛苦的铲子朝身体内部挖洞
埋进无法承受的悲欢离合
她们在阳光沉重的牧区
为了收获挥汗如雨
把隐忍的洞穴越挖越深
待到秋天来临
她们手捧果实
欣喜若狂——
每一个生命树上爬着很多孩子的女人
都像一个深渊
无声无息地埋葬着自己
朝天空张开漆黑的洞口

在果洛上技术学校的拉错，“五一”期间回家度假时与弟弟在毡房前打篮球。2019年5月4日，莫坝乡，牛红旗摄影

肯定会远远地躲着，把那只雪豹拍个遍，拍它怎么从雪地站起来，拍它怎么去吃岩羊，拍它怎么慢慢地离开。”

图登华旦说：“其实动物是很好相处的，特别是狼。有一次我在拍狼的时候，为了拍到好的影像，就躺着拍。最初，那匹狼还以为我要袭击它，就跑开了。看我没动静，它又慢慢地回来，在离我七八米的地方看着我，然后慢慢地在地上卧下来。如果你没伤害它，它就把你视为朋友。万物有灵，在你生命里每遇到一种有灵性的物种，都是缘分，比如雪豹。雪豹是真好看，不知今后还能不能拍到。雪豹是真的不好拍，主要是因为它在夜间行动，白天它卧着不动，到了晚上才出来，你想拍它，只有早起晚归，我希望它也能有违反自己生活规律的时候。你知道，有时一个物种在它不应该出现的地理环境里出现，是很珍贵的。比如，在沙漠拍到藏羚羊，因为藏羚羊一般是不在沙漠活动的，沙漠既没有吃的，也没有水喝。又如，在雪天里拍到旱獭，因为它是冬眠动物。所以能拍到雪豹的机会真的很少，但我知道去哪儿能找到雪豹。”去哪儿能找到雪豹呢？图登华旦看我一眼就嘿嘿地笑了：“想找到雪豹，就得知道哪里有岩羊。”岩羊？对，岩羊。也就是一瞬间，我明白了他的意思——食物链。

这些话是 2018 年 9 月 22 日下午我们沿着黄河从达日的德昂乡往夏日乎寺[4]去的路上说的。图登华旦说：“今天我带你们近距离去看一看野生动物。”这动物，说的就是岩羊。

我们从德昂乡出发沿着黄河往下游走 60 公里，就到了多利多卡。这里的河床狭窄，水流从下面的黄河里咆哮而过，一条显然因为有了桥梁而被废弃的旧渡船在湍急的水流里来回摇摆着，架在两岸之间的桥梁上扯满了五彩经幡。

我们过了桥，就到了甘德地界。站在桥头，你会

冬日，黄河上游第一湾覆盖上了一层白雪。2019 年 12 月 7 日，达日县建设乡，图登华旦摄影

# 哭嫁

阿妈啦
女儿要走了
要走了
卓玛，阿妈的好帮手
阿爸的乖女儿
哥哥的好妹妹
弟弟的好阿姐
让叔叔、舅舅和兄弟赶着牦牛和羊送你去
让阿妈梳好头送你去
让哥哥牵着马头送你去
让弟弟到了女婿家用象牙篌给你分头
让叔叔告诉夫婿的阿爸和阿妈
卓玛喜欢勤劳的丈夫
让舅舅告诉夫婿的阿爸和阿妈
卓玛喜欢有情有义的亲戚
等亲戚们将嫁女的牛羊聚拢在一起
叔叔、舅舅和兄弟赶着牛羊护送卓玛走远
阿妈的心变得空空荡荡
变得空空荡荡的阿妈望着走远的女儿
哭倒在门前
扯着衣袖擦拭眼泪的婶子和姨娘没能搀起阿妈
却和她抱着哭成了一团

感受到风的凛冽，在凛冽的河风里你抬起头来，就会看到多利多卡石经墙。这道果洛地区最长的橘黄色的石经墙长1300多米、宽3米、高3米，由上亿块刻有经文的石板堆积而成，距今已有400多年历史。在石经墙右手的山坡上，就是著名的多利多卡天葬场[5]。我们的车沿着黄河北岸继续往东，路途中，身边的河道渐渐恢复平缓，可河床里的水流却依旧湍急，阳光下看上去平缓的水面下却是暗流漩涡，有着巨大的下吸引力，你一旦下到河流里，想重新回到岸上会很困难。当年，那支著名的黄河漂流队就是从这样的水流里漂下去的，那个时候，这段黄河的两岸还没有现在我们所走的公路。

今天和我们同行的还有一个名叫根噶桑的藏族小伙子，刚才路过多利多卡的时候我们还遇到了他骑着摩托车去甘德县城办事的父亲。在路途中，根噶桑发现了黄河对岸的山梁上有野生动物，我们就停下车，用望远镜观看，发现那是几只白唇鹿。此外，我们在路途中还不时地遇到野生动物或飞禽，最初是一只捕着一只高原鼠兔的大鵟，随后就是有着沙褐色羽毛的地山雀，有着棕红色羽毛的红隼，有着黑色羽毛的渡鸦，有着栗红色额头的百灵鸟，嘴、脚呈红色的红嘴山鸦，有着黑色飞羽的高山兀鹫，以及羽毛通体黑褐色的秃鹫。图登华旦可以说是一位高原动物学家，在路途中，我们每看到一种野生飞禽，他不仅对它们的种类与生活习性了如指掌，还能从这些鸟类、动物的身上看出它们的表情，看出它们的孤独、兴奋与痛苦来。图登华旦指着一只在空中滑翔的有着黑褐色羽毛的猛禽说："这是一只胡兀鹫，这家伙的眼睛特别好看，而且非常有智慧，能把骨头叼到空中然后准确地抛向下面的岩石，打碎后再食用。你们看，它飞翔的姿势多么的优美。"

是的，在近处和远处开满了白色和蓝色的邦吉梅朵的黄河谷地里，我们还看到了两只在天空中翱翔的鹰，在那鹰飞翔的天空下面，就是我们今天要到达的夏日乎寺。夏日乎寺背靠班玛仁托山，图登华旦告诉我们，这里有白唇鹿、马鹿、马麝、赤狐、雪豹、藏原羚等10多种动物。其中岩羊最多，山上栖息的岩羊有5000多只。

由于缺少食物，每年10月至次年5月草原牧草枯黄的日子，是小岩羊最难熬的季节。每逢这个时候，寺院里的僧人会上山给小岩羊们喂颗粒饲料等食物，当地森林公安局会送来食草。青海省林业部门还筹措资金，在寺院内的空地上修建了约50平方米的野生动物救护中心。夏季，班玛仁托雪山有着一望无际的丰美草场，当地牧民都会来这里放牧。为了尽可能让山上的藏原羚和岩羊多吃点草，寺院就给附近的牧民做工作，让山上的近1000头牦牛转场。岩羊生性警惕，朝夕相处的日子让岩羊和寺院里的僧侣成了朋友，如今它们看见穿着绛红色僧衣的僧人靠近，也不会惊慌。由于当地牧民和寺院僧侣采取一系列保护措施，使当地的野生动物得到了有效保护，栖息动物的数量逐年增加。每年春夏之交，成群的岩羊下山与人共处，人与自然和谐相处的局面正在形成。

图登华旦告诉我们："德昂乡唐什加牧委会的十几位牧民自发组织了一个'野生动物摄影协会'，我就曾组织协会会员到省里参加了一期摄影学习班。会员们自发地保护黄河沿岸的野生动物，特别是濒临灭绝的野生动物，如马麝。因为马麝的药物价值特别高，前些年一头马麝就价值10000多元，现在能卖到30000多所以捕杀的人很多。现在这里的马麝渐渐多了起来，前些天我在一条沟里就见到了4头。前些日子，还有会员拍到了被称作"鸟类中的大熊猫"的藏鹀。以前有一个外国人曾经在喜马拉雅山拍到过藏鹀，50多年过去了，再没有人发现，都以为灭绝了，但现在被牧民自发组织的野生动物摄影协会的会员们拍到了。”

1. 长江源位于青海省西南部的玉树，即通天河的几个源头：北源楚玛尔河、正源沱沱河、南源当曲；沱沱河的上源有东、西两支，东支发源于唐古拉山主峰海拔 6621 米的各拉丹冬雪山西南侧的姜根迪如雪山下的冰川，西支源于海拔 6513 米尕恰迪如岗雪山的西侧。因此，冰川融水就成为长江最初的水源。东、西两支汇合后称“纳欣曲”，下行 24 公里左右与右岸的切苏美曲汇合后始称“沱沱河”。沱沱河由南向北流，切穿祖尔肯乌拉山至葫芦湖南侧，接纳波陇曲后，一直向东流至当曲汇合口，全长 358 公里。河流流经青藏高原浅丘区，两岸地势平坦，河道弯曲，河谷宽浅，水流缓慢。主要支流有扎木曲、斜日贡尼曲、岗饮陇巴曲等。长江源区面积 15.9 万平方公里，占三江源地区总面积的 44%，长江总水量的 25%。

2. 澜沧江源出青海省玉树藏族自治州杂多县西北吉富山麓扎阿曲的谷涌曲北面海拔 5552 米的“吉富山”下。澜沧江藏语“拉楚”，意为“獐子河”，是世界第七长河，亚洲第三长河，东南亚第一长河。澜沧江流经青海、西藏和云南三省，在云南省西双版纳傣族自治州勐腊县出境成为老挝和缅甸的界河，后始称“湄公河”。湄公河流经老挝、缅甸、泰国、柬埔寨和越南，于越南胡志明市流入中国南海。澜沧江源区面积 3.7 万平方公里，占三江源地区总面积的 10%。

3. 黄河源头位于青海腹地，一为扎曲，二为约古宗列曲，三是卡日曲。扎曲流程最短，水量又小，一年之中大部分时间干涸，只能算作约古宗列曲的一条支流。约古宗列藏语意为“炒青稞的锅”，仅有一个泉眼，是一个东西长约 40 公里、南北宽约 60 公里的椭圆形盆地，内有 100 多个小水泊，似繁星点点，又似晶莹的粒粒珍珠。卡日曲的藏语意为“红铜色的河”，发源于巴颜喀拉山北麓的各姿各雅山。各姿各雅山海拔 4830 米，有 5 个泉眼，在旱季也不干涸，较约古宗列曲长近 30 公里，流域面积多 700 平方公里，水量也大 2 倍多，为黄河正源。黄河源区面积 16.7 万平方公里，占三江源地区总面积的 46%。

4. 夏日乎寺位于甘德县东南 70 公里的岗龙乡黄河岸边的隆木且沟口，三面环山，一面临水，是海南州兴海县俄合萨寺的子寺，与青海玛沁境内格鲁派著名寺院拉加寺有着密切的宗教联系。该寺内藏汉艺术文化水乳交融，古迹文物及壁画、雕刻艺术品较多，收藏有五世达赖和九世班禅的书信，以及“千年佛”等艺术品。见蒲文成主编：《青海藏传佛教寺院》，兰州：甘肃民族出版社，2014 年 1 月，第 271 页。

5. 多利多卡天葬场位于甘德县下贡麻乡的山坡上，距县城约 26 公里，面临黄河，1931 年由甘德县恰曲纳寺主持柯雄治可多利修建。见蒲文成主编：《青海藏传佛教寺院》，兰州：甘肃民族出版社，2014 年 1 月，第 275 页。

寺院建筑。2019 年 5 月 1 日，牛红旗摄影

今天是周末，父女俩一块儿去乡上卖牛。2018 年 9 月 22 日，牛红旗摄影

## 曲吉尼玛

甘德县的街上走着关确丹增
有位僧人对他说
你头上有一轮太阳
心里有一面明镜
以后就叫曲吉尼玛
改名之后的关确丹增
找到了太阳和明镜
他身穿金黄袍
脚踩黑筒靴
左手挥黄绸
右手抚胸口
坐在黄河边的山下呼风唤雨
惩恶扶弱的格萨尔王被他祈请
门岭大战中的十三员猛将
在他的歌声里
一一降临

特合土乡的牧民体育活动场。2019 年 5 月 3 日，牛红旗摄影

## 果洛草原上的雪

因受地列山和狼青卡欧山约束，黄河河道在这里突然变窄，河水下泄不畅，泛滥后在河滩低凹地积水成湖。滨湖西部黄河分汊河道入湖口堆积了大量泥沙，在玛多县黄河乡境内形成三角洲泛滥平原，发育出大片沼泽和河间积水凹地，并向湖体延伸，形成了岗纳格玛错与日格错两个湖泊，即使是在枯水期，因湖水回流黄河，整个湖面仍然呈深蓝色。果洛的淡水湖泊众多，较大的湖泊就有100多个，占青海省湖泊总数的37%以上，总计湖面1673.8平方公里，而风景优美、资源丰富的岗纳格玛错还是一处重要的湿地。

我们站在鹅黄色的草甸上，看到有成群的、黑压压的、无数我叫不上名字的鸟栖息在湖边的浅水区里，不知是什么惊动了它们，鸟群从湖水中起飞，翅膀拍打湖水的声音持续地响个不停。那群鸟在低空飞翔仿佛一个庞大的、黑色的云带在移动，而在那条移动的黑色云带下面是一群正在悠闲地吃草的野生藏原羚。在湖对岸延绵的山峦的顶端是一条白色的雪峰，而在雪峰的上面则是蓝色的天空；在蓝色天空里，斜挂着长长的絮状云丝，一条又一条，无尽而柔美。湖水里还有更大的鸟从湖边的岛屿上飞起来，是斑头雁？或者是赤麻鸭？就我有限的见识，我无法准确地说出它们的名字来；如果我去请教身边的图登华旦，他会毫不犹豫地准确告诉我那是什么鸟；在我看来，在三江源地区栖息的所有野禽，包括黑颈鹤、斑头雁、棕头鸥、藏雪鸡、白马鸡、高原山鹑、大杜鹃、岩鸽、斑鸠、鸤鸠、戴胜、大嘴乌鸦、红嘴山鸦等，只要从他眼前飞过，他一眼就能认出来。图登华旦说，像鹤、雁、天鹅这些都是候鸟；而猛禽，像高山兀鹫、秃鹫、雕鸮这些则都是留鸟。

说来你或许不信，像盘羊、岩羊、羚羊、猞猁、旱獭、水獭、艾虎、狗獾、棕熊、马麝、狍鹿、猕猴、藏野驴、雪豹、毛冠鹿、水鹿、白唇鹿等这些生活在青藏高原上的野生动物，都是图登华旦的朋友。就连从野地里钻出来一只高原鼠兔，他都兴奋得不得了。图登华旦的足迹踏遍了青藏高原的许多地方，比如距离达日县 900 多公里的可可西里，他常常一天就可以到达。前些时候三江源保护区要出《三江源野生动物图录》，在中国社会科学院西北高原生物研究所给出的 280 多种野生动物和野禽的名录中，图登华旦自己就提供了 130 多种。而在这 280 多种野生动物中，图登华旦拍到过 220 多种，占这里全部野生动物种类的 80%。

2018 年 9 月我们离开的时候，图登华旦本想带我们去同样位于玛多境内的冬给措纳湖。他告诉我说：“这个湖不知道为什么，竟然没有划进三江源自然保护区内，而没划进去就有人去开发，一开发就破坏了原生态，那个地方有雪山、湖泊、雅丹地貌，特别好看。2019 年央视春节晚会用了两张青海的背景图，一张就是冬给措纳湖，还有一张是阿尼玛卿雪山。”后来我才知道，这两张背景图都是图登华旦的摄影作品。

现在，我们所在的地方，或许是黄河的另一个源头。图登华旦说：“在藏族民间，有阿尼玛卿雪山是黄河源头

改冷和衣西卓玛在学习唐卡时做了一朵雪莲花和一片绿叶，两人算是圆满完成了学习。2018 年 9 月 21 日，牛红旗摄影

## 风的小号

风的小号在牧场吹
在互赠野花的爱情中吹
在生与死的对望中吹
有什么在寂静的地方死去
有什么在无人知道的草滩出生
偶遇的人在高山与河谷之间
在弯曲无尽的山路上
交汇着目光和旅尘

风的小号在山坡吹
在云和鹰群之间吹
在湖与人心之间吹
黑牦牛和马静静吃着绿草中的春天
有什么悄悄来过
有什么沉默离去
在雨雪兼程的转经路上
在落雨的玛尼石堆前
许多忏悔的心在忏悔里相遇

的说法，因为阿尼玛卿雪山是藏族人民心中的神山，阿尼玛卿在藏传佛教里则被认为是已经通过自身的修行成了佛，是格萨尔的保护神。”这个，在意识里，我相信。在我们准备离开岗纳格玛错的时候，在身后的山坡上，我们发现了一匹狼，一匹处于孤独之中的黑色的狼。为了拍摄到这匹狼，我们开着车跟了几个山坡，最终，那匹狼消失在了离我们更远的山梁后面。

在返回的途中，有一群高山兀鹫聚焦在我们左手的山坡上飞起飞落，图登华旦告诉我们，那里一定有死牦牛。这时，天空里悠悠地下起雪花来。在1934年那次如探险一般的旅行中，庄学本一行的伙食箱失窃，使得他们此后近两个月没吃到盐。庄学本在日记中写道：“途中尽是幕天生活，与禽兽为伍，跨过很高的雪峰，涉过广阔的河流，一路发现的奇事很多。”果洛的雪季开始得很早。这年农历八月中秋节时，庄学本一行人在路上就遇到了大雪，此后一场场大雪连着催他离开果洛。其实，果洛的雪季不但来得早，而且结束得晚，2019年5月3日我们离开岗纳格玛错后，天就开始下起了雪。

一看天上飘起了雪花，图登华旦就兴奋起来。在广阔的草甸之上，在远处的山峦之下，在有牦牛群的更深处，我们看到了成群的藏野驴。我们的车在途中停下来，图登华旦开始工作，他拍摄时身子往后仰着，那部硕大的相机架在前端摇下了玻璃的车门上，后面架在他的身体上，他在努力地往后仰着身子，屏住气，仿佛用尽了丹田之气，嘴里还念念有词：“我怎么这么喜欢雪呢？”在工作时他是那样的专注，面对荒原上那群在纷纷扬扬的大雪中吃草的藏野驴，他是那样的忘我。

后来图登华旦给我讲了一个故事：“我听说有一个东北的朋友在拍雪景时，把手指冻伤给截掉了，这怎么可能呢？我当时怎么也想不通。有一次，初冬的时候，下了一场暴雪，那时我就住在特合土乡，一看下雪，就在乡政府

妇女晾晒牛粪的动作，很像是在舞台上舞蹈。2018 年 9 月 18 日，牛红旗摄影

## 和歌

升上天空的太阳啊
把人照得遍体光亮
群山的那边啊
白云的牧场
冰雪生出的云啊
到绿皮肤的山顶上停一停
骑马奔波的哥哥呀
到开满格桑花的山下坐一坐

里带了一些手抓肉，又在外边的铺子里买了一些罐头，有吃的就行，赶快走。那天下午，我走着走着，碰到一群藏羚羊，当时风雪特别大，可我哪里还管得了这些？就下去拍，拍呀拍呀，那还讲什么冷不冷。可等到晚上回来看图片时，看着看着，我就感觉到手指针扎似地疼，当天晚上就发起了烧，过了几天，手指都黑了。万幸的是，手指上的黑皮慢慢地褪下来，渐渐就好了。我这才知道，当初那个人说的手指冻住给截指是真的，因为当时太兴奋，连手指冻住了都不知道。”

图登华旦说，为了拍摄，他得过3次雪盲症。“雪盲太痛苦了，两只眼睛一睁，就撕心裂肺地疼，你根本睁不开眼，就像针刺似的，睁开眼就流泪，闭上眼睛能好一些，可是你连路都走不成。雪盲就是在雪地上时间长了，当时没有戴墨镜（雪盲镜，有时也叫“墨镜”）。如果墨镜质量不太好的话，就不起作用。最糟糕的一次是在格拉丹冬雪山，两辆车进去，其中3个人雪盲，等撤到唐古拉山乡时3个人痛苦得都快死了；等回到西宁，3个人赶紧吃止痛药、退烧药。雪盲得过第一次后，第二次就容易得，第三次就更容易得，习惯性的。我心里也知道，可是一拍起片子来就激动，一不留神就会得，等你感觉到的时候就来不及了。但有一个土办法，就是找到一户有吃奶小孩的家，用母乳点一下眼睛，第二天就好了。有一次我在雪地里拍，白天没事儿，晚上眼睛就疼了起来，回到住地，吃点止痛药，而这个乡镇上正好有一户人家养小孩，能找到母乳。当初人家还不给，羞得很。这个母乳是最好的，挤一点，点上，过两个小时就好多了。第二天就模模糊糊能看见一些东西，只要能看见就好了，母乳对雪盲，速效。”

“还有一次我低血糖。低血糖时，人光出虚汗，走不动。那次是去拍阿尼玛卿雪山，平常我翻山越岭都会带一些糖果或饮料，牛奶里带糖的那种。那天本来车上是有的，但走得急，给忘了，走到半道时感觉还可以。我知道自己有这种病，可当时就有一种侥幸心理，想着没事吧。可等回来时，我就低血糖，走不动了，而且离停车的地方很远。我们当时在海拔5000米以上拍阿尼玛卿雪山，徒步走上去，然后徒步走下来，来回大概4个多小时，好在那天有徒弟跟着，我这条命就是他给的。那天他太累了，也没有吃东西，一边要背着2部相机、1个三脚架和1个摄影包，还要半拖着我。我们就一直这样走，天色渐渐黑下来的时候山下的人找上来了，打着手电，喊着。我不是跟你说过，朋友送我一个外号叫‘疯子’嘛，确实是这样，一遇到野生动物，我就会不知不觉地跟上去，有时翻了几个山头也不觉得，体力好时，也不管这些，什么都给忘记了，可能就会越走越远。”

就像现在，在大雪纷飞的回途中，他忘记了一切，嘴里一边嘟囔着，手里的相机不停地“啪啪”地响，雪花不时地从车窗里飞进来。是的，就像刚才我在前文说过的，果洛的雪不但来得早，而且结束得晚。2019年5月6日一大早，当我起身站在格萨尔酒店的窗前朝外观望时，就被一场突如其来的更大的雪给惊呆了。在我的视线里，整个达日县城都被染成了纯洁的白色，就连挺立在远处山坡上骑着战马的格萨尔的塑像也被大雪覆盖了。

图登华旦说，下大雪的时候，那些食草的野生动物，比如藏羚羊，并不是被冻死的，而是因为吃不上草被饿死的；而对于那些食肉动物，比如狼、雪豹，倒是最好的季节，因为它们不怎么费力就能吃到饿死的动物。

这就是丛林规则，世界历来如此。那好吧，在这大雪纷飞的日子，就让我们整理好行装继续前行吧。在旅途中，在我们的目光所及之处，都被白茫茫的大雪所覆盖。我们所看到的，只有散布在雪地上不停走动着的黑色牦牛，还有尾随其后的主人。

冒着大雪向夏牧场进发。2019 年 5 月 6 日，牛红旗摄影

乡政府在牧民新村的广场边建设公共厕所。2019 年 5 月 8 日，牛红旗摄影

## 高原的炊烟

扬起在高原的炊烟
袅袅飘在山谷
缕缕盘桓在屋顶
慢慢消散在河畔
令人想起在帐篷里忙碌的母亲
举起铁铲朝铁炉中添加牛粪
烤干暴雨
烹煮一家人的食物
为奔走长路的旅人
升起家的灯盏

冬格措那湖旁，一只被越野车惊吓到的狼。2019 年 10 月，果洛藏族自治州，吴刚摄影

# 黑 狼

最后一只黑狼站在山坡
追逐的车轮压过软草甸
炸响、飞溅

是的，最后一只黑狼
爬上山顶离去
它留在幻觉里的孤独如此久远

铁的断言融化
绝迹之物受恩于造物的大地
最后一只黑狼出现
只为融化语言的铁

母亲抱着孩子去草场上。2019 年 5 月 5 日，牛红旗摄影

# 暮归

草原贞洁
充满祝福
星宿海白云游荡
映照野花成片
牧人走在路上
脚步匆匆
她的妻子站在门口等他
藏狗和儿女远远奔来
环绕他又蹦又跳
这位面色冷峻的藏汉从袍中掏出糖果
抱起最小的女儿
脸上笑开了花

鲍尔特里去牧场看望弟弟。2019 年 5 月 6 日，特合土乡，牛红旗摄影

# 夜马

静夜的流水
在风的漩涡中
流荡……
残雪在山影中
呼唤光的母亲
一匹匹站着深睡的马
背负暗夜和雪花
一动不动
暴雪吹啊吹
仿佛要将一座座马的雕像
从茫茫雪原
唤醒

# 幼犊

在大雪纷飞中
刚出生不久的牛犊透过风雪望着我们
它发软的四蹄哆嗦着支撑在白雪覆盖的草滩
刚刚站起就猛地摔倒在地
母牛伸出温暖的舌头舔它
小牛犊得到鼓励
再次拼尽全力
站在了风雪浩荡的河谷
母牛哞叫着将唾液舔得小牛犊满头满眼
小牛犊没站多久又摔倒了
母牛又过来舔它
喘息了一会儿的小牛犊
在母牛哞叫的环绕下
一次次试着在漫天风雪中站起来
又一次次摔倒
出色地完成着在高原活命的第一课

夏尼（男，37 岁），肝包虫病患者，做过一次手术治疗，受肝包虫病影响诱发脑包虫，视力、听力均受影响；曲买（女，31 岁），也曾患肝包虫病，接受手术治疗后痊愈。夫妻二人属于乡里的低保兜底户，靠政府资金扶持，现借住在亲戚家的房屋里，2017 年成为易地搬迁户，2018 年入住特合土乡上的集中安置点。马宏波摄影

尕桑卓玛。2018 年 9 月 19 日，牛红旗摄影

## 特合土乡偶遇

包虫病吃光过七户人家的特合土乡
黑夜过去就是白云蓝天
巴颜喀拉山横贯它的全境
以高原巨人的身姿俯瞰大地
黄河缠绕它绵延的绿山
以冰雪之水洗浴它的牧场
三个挖人参果的姐妹簇拥在泉水周围
三个戴鲜妍头帕的汉子骑着摩托在蜿蜒于群山的公路上奔驰
提着水桶下山挑水的兰措
是困于群山迟迟没有嫁出的女儿
这个被陌生人吓得丢掉水桶逃上山坡的老姑娘
是向哥哥的两个孩子求救的黑女人

冬格措那湖旁一位牧民正在放牧。2019 年 10 月，果洛藏族自治州，吴刚摄影

## 渡鸦

卡夫卡的鸟
像一位身穿丧服的思想者
站在无垠的蓝天和雪原之间的电线上
独立于广袤的孤独与辽阔
身披阳光
用两只水亮的眼睛注视着前方

它摧毁了人们对渡鸦的定义
陷入高贵的冥想
对闯入者
一动不动
浑身整洁黑亮的羽毛闪烁着幽暗的七彩光

## 两个湖

天在地上
地在天上
扎陵湖和鄂陵湖
像仙女抛落人间的白青两色彩带
收留了从星宿海流下来的黄河
天是海
地是海
人在两个海的缝隙之间
伸头张望
天是海
地是海
在两个海之间悬挂的厚厚的云毯上
数不清的鸟群起起落落
翻飞于生命禁区
顽强而生机勃勃地活着

一群藏原羚在草原上奔跑。2019 年 10 月，果洛藏族自治州，吴刚摄影

# 转场

赶着牦牛和羊转场的牧人
走过山脊穿过河谷
离开夏窝子赶往冬窝子
从太阳升起走到月亮升起
手中甩动着鞭子
不停地走
水草丰美的秋天就要过去
牧人赶着牛群
小牛犊追着母牛
母亲骑马驮着所有的孩子
奔波在路上
在大雪埋掉草场之前
在河流封冻之前
他们要赶到越冬之地
安顿好冬天的家

有人觉得有什么为难的事或遇到什么过不去的坎儿，就会去黄河渡口边，用河边的石块给自己搭一座心桥。2019年5月5日，牛红旗摄影

黄河开河时节，一只高山兀鹫在河面上空飞翔。2019 年 2 月 5 日，吉迈镇，图登华旦摄影

## 白云的帽子在山峰间移动

云团给每座高山戴上洁白的帽子
在山峰与山峰间移动
风不停地吹动云
给山峰不停地更换帽子
让人觉得山峰是在原地踩脚
里面关着急于奔向草原的马

扎德（左一）和两个喜欢说唱舞蹈的青年朋友坐在草地上聊天。2018 年 9 月 19 日，牛红旗摄影

# 绿茸茸的草甸

一千个湖泊相连
让我想起一千双湛蓝的眼睛
望着白云成群的天空
就像无数个孩子望着母亲
想起幼时吮吸乳汁的幸福
可大山又是多么孤单
一座座肩并肩站着
一旦春风吹过
它们就抖动着毛茸茸的草甸
开出一朵一朵花来

## 高原的窗户

高原的窗户
卓玛梳头的窗户
映满天空的宝石蓝和白云的窗户
阿妈等候家人归来的窗户
嫁走女儿
阿妈掩面痛哭的窗户
迎接丈夫
妻子端上酥油茶和糌粑的窗户
娶回媳妇
儿子欣喜若狂的窗户
月亮和太阳交替照亮的窗户
风雪和春风轮流敲击的窗户
就是高原女人守护一生的窗户

一名藏族女孩在雪后向帐篷外张望。2019 年 10 月，达日县，吴刚摄影

特合土乡的孩子。2018 年 5 月，何自力摄影

和
阿媽
卓瑪
喜歡歡
帶的丈夫
喜歡有情有
義的親戚
叔叔舅舅和兄弟
趕着牛羊護送卓瑪去遠
阿媽的心變得空空蕩蕩
望着走遠的女兒
哭倒在門前
人人人沒能扶起阿媽
抱着哭成了一團
庚子鼠年仲夏時節

阿媽啦
文兒要走了
要走了
卓媽，阿媽的好帮手
阿爸的乖文兒
哥哥的好妹妹
弟弟的好阿姐
让叔叔、舅舅和兄弟
赶着牦牛綿羊
送你去
让阿媽梳
好頭送送孫去
让叔叔
舅舅
告訴
2020.6.18.LI.

# 特合土乡的转经人

风雪浩荡
桑烟缭绕
灵魂从四方归来
寻找栖息的岸
酥油灯点亮的高原
寺院清凉
经幡飘扬
大风掀起火焰
扯着夜的袍子
擦亮祈祷的人
有许多牦牛伫立暴风雪
有许多骏马穿过草原
有许多白海螺吹响迷途的心
有许多母亲抱紧孩子穿越风雪
有许多雪峰融化的支流汇入黄河
唱着远行的歌谣
有许多不同深浅的绿
悄悄破土——
它们温柔地染绿牧人的门前屋后
爬上牛马的寒蹄
亲着花朵鲜艳的嘴

# 人

高原，為了这
次重逢
我們累积了
很長很長的
的生命
太阳啊，
格薩尔王
的太阳
在青藏
高原燃烧
我們走过
牧场
遇見黄昏
赶着牦牛
群归来的
2019.元.7.LL.

## 拉多堪布

拉多堪布 1969 年 4 月 17 日出生在特合土乡一个牧民家中，拉多是他的本名，堪布是他后来作为藏传佛教寺院的主持人称号。他的少年是在黄河边度过的。他喜欢在黄河滩上玩耍，拾好看的石头，初夏里喜欢生长在雪山草甸之间开着黄色花朵的绿绒蒿，他也特别害怕冬季里那种像雾一样飘过来的寒流。拉多告诉我说，那寒流会在片刻之间使最强壮的牦牛倒地。到了初春，黄河里的冰凌开始融化，一条鱼的尾巴已经在流水中摇摆，而前面的鱼头还被困冻在冰块里。夜间，他躺在房间里就能听到流水声从远处的河道里隐隐约约传过来。向往远方的拉多在他 17 岁那年离开家乡，步行半个月前往四川甘孜州色达县闻名于世的五明佛学院[1]去求学。

飘移的白色云朵随风吹动着五彩经幡在山顶的垭口猎猎作响，那就是通往五明佛学院的道路。路只有一条，仿佛一种暗示。1986 年春天的一个午后，拉多从挺立着 6 座白塔的地方拐弯，又翻过一座山，然后立足观望，他看到远处的山顶上有一个巨大的“坛城”在阳光下映射出金色的光芒。在后来的 15 年间，他在修密宗课程之前已经逐次修完了皈依、发菩提心、忏悔、献曼达、上师瑜伽 5 个加行。在遍布着几千幢红色藏式木头僧房的山坡上，在那氧气稀薄的高原，那些身着藏红僧衣、头戴红帽的觉母与喇嘛，在晨光与晚霞映照着的山道上走动，在他们的头顶上，是无尽的深蓝色天空。在五明佛学院的日子里，拉多还时常在晚间去大经堂里参加辩经法会，他在那里理清思路，遣除疑难，经过严格的答辩之后，最终获得了堪布的称号。

2001 年，有了讲经说法资格的拉多堪布回到了家乡，他喜欢飞到这里的黑颈鹤、成群的藏野驴，他对家乡的蓝天和白云特别着迷。拉多堪布告诉我，特合土寺建于 19 世纪中叶，至今已有 100 多年的历史，是藏传佛教宁玛派的重要道场。果洛州的宁玛派最早是由今四川甘孜州的白玉寺、噶陀寺、佐钦寺里的僧人传入的。宁玛派是迄今为止果洛地区最有影响的教派，寺院数占当地寺院总数的 3/4。

后来我才知道，那天给我们做翻译的图登华旦和拉多堪布竟然是表兄弟；也是那天，图登华旦还建议让年轻的副乡长特智和驻村干事旦正陪同我们，去拜访已经退休在家的原副乡长达依老人。

1. 色达喇荣五明佛学院，位于四川甘孜州色达县城东南约 20 公里处，海拔 3600 米以上，1980 年由晋美彭措法王（1933—2004）创办。

转场前的欢聚。2019 年 5 月 7 日，特合土乡夏曲村，牛红旗摄影

## 格 桑

换上黄色镶嵌云纹藏袍的格桑
不再是医学院毕业的格桑
而是害羞带笑的格桑
是把一杯杯热茶端到远客手中的格桑
是喜欢和拉智觉热艺术团的姑娘小伙
唱歌跳舞的格桑
是脱掉藏袍就变得沉默寡言的格桑
也是干什么都认真的格桑

格拉朋措。2018 年 9 月 21 日，德昂乡，牛红旗摄影

## 骑摩托车疾驰的汉子

沿着青青的黄河
长长弯弯的山路延伸到天边
骑摩托车的藏族汉子
扛着两肩风雪奔跑在蜿蜒的山路上
他一肩挑着妻子儿女一肩挑着父母亲人
惦记着明日的生计
他背着盐巴和粮食
驾车在黄河咆哮的岸边疾驰
他背着农具和毡毯
驾车在黑黢黢的山影里疾驰

放牧。2018 年 9 月 21 日，牛红旗摄影

## 时尚扎巴尕曲

风雪中，查朗寺传出的诵经声
在飘满山坡的经幡上
召唤游魂归来
上完早课的扎巴尕曲脱下红披风
走出经堂
面对落雪的群山
伸了一个懒腰
他十岁出家那年
走过的路
已经不是当年的路
他被太阳晒红的脸蛋
好奇而纯真
他被绿黄河洗浴的歌声
留在了二十七岁的今日——
很多过往和眼前的记忆
就像路旁奔流的黄河水
后面的波涛追着前面的波涛
急着回家

家里来了客人，客人落座后，西措和卓玛会马上递上奶茶。2019 年 5 月，德昂乡，牛红旗摄影

家里来了客人，未婚夫也来了，卓玛满面容光。2019 年 5 月，德昂乡，牛红旗摄影

几名藏族孩子在帐篷内玩耍。2015 年 9 月，达日县，吴刚摄影

## 在高原奔跑的孩子

在高原上奔跑的孩子
是阿爸阿妈宠爱的孩子
是酥油和青稞喂大的孩子
是格萨尔王看护的孩子
是能长成巴颜喀拉山一样俊朗汉子的儿子
是能长成达日河一样柔美姑娘的女儿
是成婚后——
能像黄河和巴颜喀拉山一样相依为命
相互照顾的伴侣

特合土乡是包虫病高发区，班玛让智一家人都没患病，搬进新居后，孩子们开心地爬上爬下。2019年5月3日，牛红旗摄影

## 梳花瓣的尼噶什

来呀，来呀
四方的白云呀
四方的花
来呀，来呀
四方的百灵
四方的夜莺
都来看看尼噶什吧
请接受我泉水一样的心
如果你接受了我的高原兰花
春天就吉祥地跟着你呀
如果你不接受我的高原兰花
秋天的收获也一样祝福你呀

## 赶小牦牛群暮归的桑吉卓玛

十七岁的桑吉卓玛
大胆地问我们这些远方的来客
我漂亮吗

十七岁的桑吉卓玛将小牦牛从草滩赶回家
把它们在两根长绳的右边一只只拴成两排
吆喝不安的小牛犊要听话

十七岁的桑吉卓玛用煮奶茶的手
从塑料袋里一下一下地蘸出盐粒
让小牦牛一只一只地舔食

桑吉卓玛有一个叫根噶的父亲
有一个叫西措的母亲
还有一个叫扎德的英俊的会唱格萨尔的三叔

她喜欢远方来的客人
推开挡在面前的高原
她喜欢陌生人带来远方的消息
快乐地告诉伙伴家中来了客人
她喜欢抱着最喜欢的两头小牦牛
当着陌生人的面狠狠地亲上一口

藏族妇女伊娃在等待牧归的家人，身后的房屋升起炊烟。进入冬季前她们一家转场至冬季牧场。2019 年 10 月，冬格措纳湖，吴刚摄影

杰革戴着自制的毡帽。2018 年 9 月，窝赛乡，牛红旗摄影

## 达依老人

今年 77 岁的达依老人 1998 年被牧民推选为副乡长，直到 2004 年退休。达依老人回忆起果洛草原在 1949 年建政之后的历史，从 1958 年左右的合作社与人民公社，说到 1978 年的改革开放，他对今天的生活很有感触。达依老人说，在他一生的经历当中，脱贫攻坚以来的政治、经济和社会治安，都像盛夏的草原一样好。“因为三江源保护区的政策，因为国家的脱贫致富政策，我们村里的每个贫困户都会分配到一个草原管护员，或者生态公益林管护员，或者湿地管护员，国家每月给发 1800 元的工资。我们现在有了稳定的住所，不仅吃穿有保证，教育和医疗也有了保证。然而，我们还没有从根本上解决牧区传统的生产方式，缺乏一种具有经济增长能力的产业来彻底改变我们的生存现状。”

像达依老人这样的担忧并不少见，在与当地干部和村民的接触中，有人也表达了这方面的心声：脱贫攻坚结束了怎么办？对此，政府提倡牲畜出栏，一是牲畜出栏可以改变牧民的生活，二是草场承受不了太多的牲畜，牲畜过多会影响生态平衡。牲畜不出栏，牧民怎么会富呢？青海省内的藏区，像海北、海西、海南那边因为牲畜出栏，牧民都富得很。只是越往康藏这边，像果洛的达日、玛多、班玛，老百姓的思想越守旧。虽然政府一直在强调牲畜出栏，但老百姓旧有的宗教观念还是根深蒂固，坚持不杀生，这是一对矛盾。目前，达日县境内只有一处规模较大的扶贫产业园区生产藏香、藏服、民族手工制品等，只是这些产品卖得并不好，也不是长久的方法。达依老人说：“我们要从根本上解决问题，就得改变旧有的思想观念，加大生态保护和环境治理，扩大草场载畜；同时，要有适合游牧民族的畜牧为主的支柱产业，这才是长久之计。”

昨天我们从达依老人家出来时，正遇到成群结队的村民围着经房在转经；而中午当我们赶到特合土乡乡政府时，旦正他们已经给我们备好了午餐——糌粑、酸奶、酥油茶，当然，还有牦牛肉。图登华旦说：“你知道，牦牛是我们放牧的主要牛种，占牛总数的97%，但我们这的牦牛肉却很贵。为什么？因为果洛地区信佛的藏民不杀生，牦牛不出栏，他们自己吃的牦牛肉也要掏钱买，所以贵。”图登华旦一边说，一边把小碗里的青稞面冲上酥油茶，用手指搅成一团，然后看着我说：“这样吃下去，能缓解你的高原反应。”这里的海拔有4150米，当头皮发紧的时候，我常常会忽视一些事情，比如放在餐桌上的食物，对于我们来说，确实十分新鲜。但我也注意到，因为土地上不能种植蔬果，这里的水果与蔬菜真得稀缺。在这里，我相信图登华旦对我说的每一句话，尽管那一刻因高原反应我艰难地咽着食物，但我更对那盛放在小碟子里的蓝色作料感兴趣。

蓝色的作料，你见过吗？图登华旦告诉我，那是葱花，蓝色的葱花。藏族同胞通常要先把蓝色的葱花晾干，然后磨碎加盐。因那蓝色的作料，有一刻使我想起了这天上午在前往特合土乡的路途中，我们在黄河边遇到的挑水的兰措。

在牧区，孩子从小就帮着大人搬东西，学着搭毡房。2018年9月，建设乡，牛红旗摄影

# 追拍野生动物的康巴汉子

爱妻子的图登华旦爱得很深
在三江源大雪里奔走的图登华旦
爱野生动物爱得很深
他拍过聚集的十二头草原狼
并与三头灰狼在山坡上嬉戏
第一头狼被他的镜头吓得跳走后
又好奇地凑过来把他嗅闻
第二头狼躺在附近打瞌睡
太阳晒着它迷迷糊糊的脸
第三头狼离开他走到飘着经幡的山头
又转回来躺在地上和第二头狼一起打瞌睡

图登华旦（中）在特和土乡采访。2019 年 5 月 2 日，江媛摄影

# 穿白藏袍的尕金卓玛

天上的声音穿过雪山的骨骼呀
卓玛的花袍上布满吉祥的花
她的声音在鲜花中传扬呀
黄河在山脚下也静静地听
她长长的发辫编织了多少思念呀
她在冬天的暖阳里
站在山顶把歌唱给最亲的人听
她穿着白色绣花的新藏袍呀
梳着一条又长又黑的发辫
她戴着镶红宝石的金耳环
在心上人的夜空中摇荡呀摇荡
摇碎了多少睡不着的梦

罗措和拉昂来报名参加唐卡培训班。2018 年 9 月 21 日，牛红旗摄影

# 筑牛粪墙的女人

在牧区
谁家的牛粪墙又高又长
谁家的财富多
谁家当年出生的小牛犊多
谁家的财富多
谁家拴牛的木桩多
谁家的财富多
在大雪覆盖牧场的冬季
女人们从清晨起床
就开始垒砌牛粪墙
她们的笑容在风雪里
她们的双手沾满新鲜的牛粪
她们的长辫和藏袍被大风扬起
她们把上半夜冻住的牛粪砌成一层墙
再把下半夜没冻住的牛粪抹成黏合的泥
她们知道
牛粪墙能圈住牛羊不跑散
牛粪墙能为畜群阻挡狼群
牛粪墙能为牛羊阻挡寒流
到了缺乏燃料的雪灾或雨灾天——
她们可以从牛粪墙中掏出干牛粪投入火炉
烤热亲人冻僵的手
做出香喷喷的菜饭

建设乡同在一片牧场上放牧的 3 名妇女，坐在一起喜笑颜开，就像三姐妹。2018 年 9 月，建设乡，牛红旗摄影

# 赶牦牛群穿过风雪的女人

雪光闪耀的高原
盛满湛蓝的湖水
赶牦牛群穿越风雪的女人
用围巾蒙住头脸
以冰雪的目光打量我们
她们的袍子擦着片片雪花
她们的牦牛哞叫着闯进公路
她们在汽车的鸣笛声中
手持打狗的铁锤
仓皇赶着畜群
跨过一道道风雪的围栏

# 陌生的兰措

在行驶的越野车里，我们远远地看到，有一个藏女挑着水桶沿着山坡上的小路走下来，她就是我下面要说的兰措。兰措要穿过我们走来的那条从县上通往特合土乡的公路，到黄河边她家的水井里去挑水。我们停下车，尾随兰措到她打水的水井边。兰措站在她家用三角铁焊成的水井架前，探腰用力提出一只湖蓝色的水桶，然后把水桶里的水倒入身边一只橘黄色的水桶里。你注意到了吗？是湖蓝色的水桶，是橘黄色的水桶，这使我想起我在拉萨哲蚌寺和色拉寺里看到的被刷成彩色的建筑。在这单调的高原，我发现牧民们特别喜欢鲜艳的色彩，白色的墙壁、红色的屋顶，还有兰措身上艳丽的服饰。我们一边看她劳作，一边和她交谈，当然，还是图登华旦给我们做翻译。

兰措现在跟哥哥一家人生活在一起。兰措的嫂嫂已经不在人世，哥哥有 2 个儿子，大的 21 岁，小的 17 岁。兰措还有 1 个 11 岁的侄女，在特合土乡的寄宿学校上学。今天哥哥不在家，他一早就骑马翻过他家后面草黄色的山坡，不知到哪位朋友家去串门了。兰措说她家现在有 40 多头牦牛。图登华旦告诉我们，她家虽然算不上贫困户，但也接近了。我们同行的诗人江媛询问：“你桶里的水能不能喝？”兰措告诉她，不能喝。喝这样的生水，很容易得包虫病；还有牛肉，也不能生着吃。“如果想喝水，”兰措说着腾出手来朝山坡上指了一下说：“可以去我家喝烧开的水，这样就不会得包虫病。”

我能感受到兰措话语里所蕴涵的善良。在阳光下，我注意到了兰措那双因被强烈的河风过度侵蚀的皮肤和干裂的手背，也注意到了她那因被强烈的紫外线揉搓而变得粗糙的面颊。兰措用一只水桶从水井里提水，再倒入身后的水桶里。她在我们这些陌生人的注目下，有些局促地挑起两只橘黄色的水桶，沿着来时的小路匆匆往草黄色山坡上的家里走。那一刻，我突然意识到我们已经打扰了她的正常生活。也是那一刻，有一个词突然从我的脑海里跳了

雪天聚会上的女孩。2019 年 5 月，特合土乡科曲村，张斌摄影

## 黑皮肤的南罗

我有温柔的女儿
我有雪莲一样的妻子
我在汉语和藏语中流浪
在父亲的歌声中与格萨尔相认
我幼年的翅膀为格萨尔的歌声飞翔
我成年的意志因英雄的史诗而坚定
我在群山中舞蹈
在黑牦牛群的凝视中歌唱
我在格萨尔生活过的果洛高原上
跳得大地发痒
唱的黄河发狂

特合土乡的巴图一家从生活环境恶劣、生态脆弱的扣压村，搬迁到了乡政府新建的交通便利、网络覆盖的居民安置点，住上了崭新的砖房。2019 年 5 月 3 日，牛红旗摄影

出来，这个词就是“独孤”。但后来我又意识到，这个词并不适合兰措。沿黄河而居的兰措，站在她家的山坡前，遥看她家门前的那条公路顺着黄河左边延伸进无边的天际线；往右看，仍然是延伸进无边天际线的那条公路，她就这样日复一日、年复一年地生活在这里。每天，我们在或者不在的时候，她都会挑着水桶，把那条映射着太阳光芒的在宽阔谷地里流淌的黄河抛在身后，还有河对岸更远处的一重又一重的山峦，以及那山峦之上深蓝色的天空和一朵又一朵漂浮着的白云。

以前，我并不知道在这世界上，在这黄河的岸边，有一个藏族女子和她哥哥一家人生活在一起，因此，我也无法知晓兰措的日常生活，无法了解藏族女子兰措的人生。但我知道，那常年从黄河河道里吹来的风，一定会在她的耳边发出呼呼的声响。我立在黄河岸边，泪水模糊地看着身着藏袍的兰措挑着两只橘黄色的水桶吃力地沿着山坡上的小路往回走，那草黄色的山坡上就是她的家：白色的墙壁和红色的房顶，还有房前那辆红色的轿车。我看到有一只鹰，在兰措头顶的天空上飞翔；那些在风中移动着的白色云朵，迈着匆忙的脚步路过她家后面那群淡黄色的山峦，还有那散布在草黄色山坡上的牦牛。我知道，在山外，在黄河对岸更远的地方，就是阿尼玛卿神山，但我不知道兰措是否去过那里，还有比那儿更远的地方；但我清楚地知道，她的一生，都身处我日夜向往的辽阔的青藏高原。

# 挑水的兰措

兰措在坡下的井里拉上来两桶水
手扶木辘轳站在水井旁歇息
她父母双亡
帮丧妻的哥哥照看一双儿女
当陌生人的八双眼睛落在她艳丽的藏袍上
黑黑的兰措站在砸得人睁不开眼的烈日下
右手抓着左手显得惊恐不安
她皱纹纵横的脸被阳光照得黑亮
所有经受的不幸都在其中闪现
当越来越多陌生的眼睛从她的身上搜找秘密
她挑着两桶水爬上山坡
像一只受惊的鼠兔般仓皇而逃
两只黄水桶在她挑着的扁担两端摇晃
她在陡山坡上走走停停
最后站在半山腰粗重地喘息
当陌生人的镜头追上来
她干脆扔下水桶爬上山坡
冲一间关着门的白房子大声呼救

拉度卓玛。2019 年 5 月 8 日，牛红旗摄影

曲吉卓尼。2019 年 5 月 8 日，牛红旗摄影

# 坐在河边的牧女

牧女在河边坐着
波光粼粼的河流映出她的身影
她挺直身子向远处的山峰望去
一只猎隼掠过湖面
另一只冲向云端
牧女怅然若失——
天空是自由的竞技场
她以黑夜的眼睛望着天空
望着夕阳退出群山的金辉
望着山的倒影
在湖中慢慢变高
慢慢变黑

如花似玉的成吉德玛。2019 年 5 月 3 日，特合土乡，牛红旗摄影

母女俩在溪流边挖找一种叫“人生果”的地菜。2019 年 5 年 3 日，牛红旗摄影

# 格德吉及其家人的生活

2018 年 9 月 18 日正午，我们调研组所有成员在达日汇合，达日县年轻的扶贫开发局副局长格桑，还有吉迈镇的镇委书记与乡长，和我们一起前往一个新近安置的牧民居住点。

1984 年出生的格桑，有 1 个弟弟、1 个妹妹，他的父亲出生于 1959 年，17 岁那年参军，从部队转业后在达日县所属乡镇工作了 33 年；母亲是牧民。格桑的父亲当年在乡下工作时曾经患过包虫病，但发现得早，根治了。格桑因大伯是县里有名的藏医，高考志愿报的是青海医学院。因之前曾读过娘本绘制的《四部医典曼唐》[1]，我向格桑请教了一些有关藏医学的问题。格桑最后告诉我，他在大学期间曾经通读过《四部医典》[2]。这部医典最使他难忘的是作者把人体的生理和病理情况理解成一棵大树[3]。格桑大学毕业后又考入达日县人民医院，成为一名外科大夫。虽然那会儿我想起了鲁迅，但我没有寻问他后来弃医从政的原因。

这天下午，我们来到黄河岸边距离县城 8 公里左右的一个牧民居住点，见到了牧民格德吉。1988 年出生的格德吉兄妹 6 人，母亲在 50 岁那年患肝病去世后，大姐就一直在操持家务，没有出嫁；格德吉 1986 年出生的哥哥达玛，属虎，是村里的调解员，平常帮着村委会管理一些村里的事情；二姐嫁到果洛州，三姐的丈夫和她的丈夫王德贵一样都是汉族人，也都是从青海的民和县过来打工的农民。王德贵最初在这里开机动车，运送水泥、沙子等一些建筑材料，和格德吉的父亲熟识后就被领回了家，做了上门女婿。格德吉先后生下了 3 岁的女儿扬青措和 2 岁的儿子华丹尼玛。在她们兄妹 6 人中，只有弟弟在查朗寺出家时接受过教育。

果洛在 1949 年建政以前，文化教育基本上只限于寺院宗教文化和经堂教育。寺院不但传播文化，而且是果洛唯一汇集和收藏文化遗产的地方。在各寺院收藏的佛教经典和各教派的史籍中，也包含了文学、诗歌、工艺、历史，以及天文、地理、历算和医药等自然科学知识。虽然这些知识多带有宗教色彩，但仍然是果洛人民极其珍贵的精神食粮和财富。这些知识的传播，造就了许多名医、名师和能工巧匠。从古至今，有名的藏医师、藏药师、唐卡[4]画师、铜铁银手工工匠以及说唱艺人，多出自僧人或曾受过经堂教育的人。1949 年建政初期，果洛各地建立的帐房小学，其教师亦都出身僧人。不少藏文造诣较深的有志僧人，用藏文记录和整理果洛的天文、地理和历史，如《果洛族谱》等，给果洛留下了宝贵的文化遗产。

寺院的经堂教育也有学制，且因各派教主旨不同而有差异。果洛建政前的寺院教育对当地的文化普及起到了一定的历史作用，但它未能起到引进先进民族和地区文化科学知识，沟通交流果洛人民与兄弟民族思想感情的桥梁作用，不能为加速果洛社会进步、经济文化的发展服务。建政以后，果洛建立了各类学校，大力发展民族教育，突破

特合土乡村民。2019 年 10 月，何自力摄影

# 西措

河水哗哗
穿裙袍的西措在大山围拢的河谷里
被风推着跌跌撞撞地走进畜栏
她抵挡着大风
牵走吃奶的小牛
在母牛和小牛的哞叫声中
俯身将牛奶挤进铁桶
牧草在她身旁被风吹得东倒西歪
寒风夹来冰雹刺痛她的胸膛
她打着冷颤
抬头朝埋在大山黑影里的家望去
丈夫的玻璃窗半截埋进雪中
没人听到她无声的呼救
她茫然地裹紧袍子和头巾
迎向劈头盖脸的风雪
加快了挤奶的速度
一家人都在沉睡
天一亮
她就要用牛粪点燃火炉
做好早饭
喊醒丈夫和儿女
把糌粑和酥油茶端上木桌
仿佛她从未被干不完的活累倒过

寺院经堂教育的局限性，摆脱教育事业受神学思想束缚的状况，使藏语文化充分发挥出应有的作用[5]。

现在格德吉家居住的是牧民合作社夏季草场临时居住点，白色的帐篷都是政府提供的。虽然1992年又做过一次普查，但草场还是1984年集体分包到户时的草场。后来，父亲就把草场分给了自己的几个孩子，她家的冬季草场距离这里有近30公里。自从成立了牧民合作社后，牧民可以把自己家的牛羊集中赶来，由分组的牧民去放牧，其他牧民就有时间做一些别的营生。格德吉告诉我们，她的父亲今年70岁，今天去县城办事去了。父亲年后到成都的华西医院做了一次手术，把两个肾脏都切除了，花了十几万元。

为此，格桑副局长给我们介绍了达日县的新型农村合作医疗费用报销分级：州上是3级，报销70%；县上是2级，报销80%；乡镇是1级，报销90%。但由于在省内和省外看病报销比例不一样，像格德吉的父亲是在成都华西医院看的病，就只能报销30%。再加上一些别的花费，如交通、吃饭和住宿。而且一个病人去做手术，就要由三四个人陪着，且一住就是两三个月，这些花费都是很大的；对一般的牧民来说，经济负担也很重。

在我们交谈的时候，我看到格德吉一直忙着生火给我们烧水，照看孩子。作为一个家庭主妇，像格德吉这样的生活状态，在牧区里极其常见，比如后来我们认识的唐姆和多耐。

1. 见娘本著：《四部医典曼唐》，合肥：安徽美术出版社，2017年5月第1版。曼唐："曼"是"医"或"药"的意思，"唐"则是唐卡的简称，"曼唐"就是对《四部医典》及其他补充内容的形象化表达。可以说，"曼唐"反映了藏族医药学上千年来的发展过程，是以藏医学为主要内容的医学挂图。藏医学是我国医药学中的一朵奇葩，也是世界古代医学体系中的珍宝。

2.《四部医典》堪比中医学的《黄帝内经》，是宇妥·元丹贡布（729—853）编著的藏医学著作。宇妥·元丹贡布出生在西藏堆龙给纳（今拉萨

小吉发和两个妹妹在牧民新村的新居前玩耍。2019 年 5 月 2 日，特合土乡，牛红旗摄影

堆龙德庆）的医学世家，他的曾祖父曾任藏王松赞干布的御医。《四部医典》由4部分组成：第1部《总则本》，共6章；第2部《论说本》，讲述了人体生理、解剖、病因、病缘、病理、饮食、起居、药物、器械和疾病的诊断与治疗，共31章；第3部《秘读本》是临床各论，讲述了内科、外科、妇科、儿科、五官各科疾病的症状表现、诊断和治疗方法，共92章；第4部《后续本》，补充了脉诊、尿诊、放血、艾法等，还着重介绍了各种药物的炮制和用法。另外，《四部医典》增补了"总述要义"和"善事概论"2部，共27章。全书共156章，24万余字。此书以药王与5个化身相互问答的形式成文，行文以7字句或9字句的格式详尽论述了系统的藏医学知识。

3.《四部医典·总则本》的第三章用树的根、干、技、叶，形象又系统地介绍了人体的生理功能和病理变化。大树上有人体的生理和病理两个主干，其中生理主干有3大因素、7种物质和3种排泄物3个分枝，共25片树叶；病理主干有疾病的根源、病因、发病途径、部位等9个分枝，共63片树叶。见宇妥·元丹贡布著：《四部医典》，南京：江苏凤凰科学技术出版社，2016年3月，第6页。

4.唐卡指流行于藏区的一种宗教卷轴画，成熟的唐卡形制产生于后弘期早期，通常绘于麻、棉、帛、丝等材料上，是藏族绘画中与壁画同等重要的绘画形制，是可以移动携带的神像。见于小冬著：《藏传佛教绘画史》，南京：江苏美术出版社，2006年2月，第100—101页。

5.见果洛藏族自治州地方志编纂委员会编：《果洛藏族自治州志》，北京：民族出版社，2001年9月，第884页。

# 观鸟喇嘛扎西桑俄

一

青藏高原的鸟儿越来越少
人的欢乐也越来越少
盖房子的扎西桑俄
在屋顶筑了一个鸟巢
让一对红嘴山鸦成了他的邻居
他因为履行了人类对鸟儿的义务
感到高兴

二

扎西桑俄站在山顶
划动双臂
像鸟儿一样飞着
他走过沙漠、森林和湖泊
追逐鸟儿的踪迹
记下并画出它们
他说让鸟儿快乐生息
就是他的修行

3个人一起学做唐卡，只有相宝手巧，做的树叶唐卡有模有样。2018年9月21日，牛红旗摄影

## 石匠家的四代人

雕完塞西多卡石经墙
葛尔麻扎石匠家的四代人干了一百二十六年
他的高祖从黄南赶往果洛因马受惊葬身黄河
他的爷爷奶奶和父母已沉埋草滩
陪伴石经墙一起生长
只有葛尔麻扎西独自守着石经墙和先人
活在风与光巡逻的高原
日夜念诵六字真言
迎候流散的灵魂回家

冬格措那湖旁，牧民肖像。2019 年 10 月，果洛藏族自治州，吴刚摄影

## 唐姆与多耐

最初的时候，我们很难相信，唐姆是在保洛丧失了劳动能力之后，才和他结的婚。

1975 年 9 月 25 日出生的保洛，在他 27 岁那年因骑摩托出了车祸。保洛最初是去达日县医院治疗的，后来又去了西宁，身体里埋了金属支架，说是两年后取下来，但由于经济原因，一直没能成行。就是在这样的情况下，唐姆嫁给了保洛，随后给他生下 3 个女儿和 1 个儿子。如今，大女儿已经上了小学，保洛也和别人一起在德昂寺附近开了一家超市。

2018 年 9 月 23 日上午我们来到了保洛家，我再次看到了和在格德吉家的帐篷里相似的情景：在我们和保洛交谈时，不知从哪里传来的佛音在我们所处的空间里弥漫，他的妻子唐姆也像格德吉一样在默默地烧火、沏茶，帮着从她身边跑来跑去的儿子整理衣服。尽管我对眼前这个弯着腰探着身子走来走去而面容已经不太年轻的母亲不甚了解，但我的内心却对她充满了敬意。或许，唐姆和许许多多的藏族妇女一样，天不亮就起床生火煮茶，去牛圈里给牦牛挤奶，回屋服侍丈夫穿衣吃饭，送孩子出门上学……所有这一切都只能存在于我对她日常生活的想象之中，并对我构成谜团，就像我不知道她为什么会嫁给保洛这样一个残疾人一样。

金属一直隐藏在保洛的身体里，直到去年，县里残联的工作人员多耐来到他家，主动帮他办了残疾证，保洛这才享受到国家扶贫项目中关于残疾人的待遇。2018 年 2 月间，多耐来电话告知保洛说有个机会可以让他到西宁去治疗，一切费用由国家来出，包括来回的车费。那个时候保洛还不知道多耐的名字，只知道这位从县残联来的女同志带着他们一帮残疾病人住进了西宁的恒安骨科医院，看着她跑前跑后，逐个帮着他们办理住院手续，扶他们上下楼梯，后来又给他们中的有些人买轮椅或者日常生活用品。保洛说，当初还以为她给我们买东西用的是国家的钱，后来才知道，那都是多耐自己掏的腰包。在达日，在许多残疾人的口中，多耐是一位有着菩萨心肠的人。

多耐 1976 年 2 月出生在达日草原，1994 年 1 月参加工作，先后在达日县粮站和文体广电局工作；2006 年因工作出色，被国务院、劳动人事部、国家粮食总局授予“全国粮食系统劳动模范”荣誉称号。多耐到达日县残联工作后，行程 2000 余公里，为全县 606 名残疾人换发了新的残疾证，并建立了残疾人康复档案。

后来，我在达日县残疾人联合会采写的《全国孝老爱亲先进事迹材料》和《情系高原无私奉献》两篇记述多耐的文章里，了解到她的许多先进事迹，其中有两个感人的小故事：吉迈镇 7 岁的孤儿乐毛杨措是一个脑瘫患儿，为了能将这个患儿带到县康复中心，多耐多次劝说收养乐毛杨措的满拉和本穷夫妇把乐毛杨措交给自己。最初乐毛杨措不配合治疗，总是又哭又闹。帮助脑瘫患儿康复真不是一件简单的事情，要比常人花费更多的时间和精力。为了能让乐毛杨措的病情有所好转，多耐不光在生活上细心地照料她，每天还要陪她锻炼 4 个小时，有时候晚上也要留下来陪护她。最终，多耐用母爱感化了这个孩子。在这期间多耐的公公住院她没能在身边，老人的不理解和丈夫的埋怨她都埋在心里。1 个月很快就过去了，当要分别时，乐毛杨措紧紧搂着多耐的脖子不肯撒手。多耐的另一个感人故事也是和脑瘫残疾孤儿有关：2018 年，果洛州孤儿福利院派一名陪护员将达日县桑日麻乡 14 岁的才让仁增送至西宁恒安骨科医院进行肢体矫正手术。在医院里，才让仁增情绪极不稳定，对医护人员和陪护员十分抵触，不愿与任何人接近。多耐听说后来到医院，凭借多年的工作经验，安抚这位脑瘫孤儿的情绪。她自己掏钱给才让仁增购买零食、玩具和衣服。在多日的陪伴与关怀下，才让仁增终于开始接受多耐并

# 婚后的牧女

太阳朝山脉和河流投掷碎金
搅动着高原富足与贫穷的光影
牧女走在山脊
走在谷地
走在河边
采挖虫草
放牧畜群
垒砌牛粪墙
日复一日地干活
她们仿佛被劳作的艰辛抽干了血肉和灵魂
年纪轻轻便目光浑浊
皱纹纵横
她们承担起全家人的生活重负
把不幸和艰辛当成为来生赎罪的资粮
被烈日晒得黝黑衰老
任劳任怨
她们没有憎恨
没有尊严
没有自我
只有面对经堂内供奉的菩萨时
她们才长叩不起
只有跋山涉水赶到神山面前的那一刻
她们才痛哭失声

配合治疗。治疗结束后，当县、乡领导把慰问金送来放到他手上时，才让仁增没有把钱交给身边的陪护员，而是来到多耐身边放在了她的手上，随口叫了一声“阿妈”。那一刻，多耐感动了，那是她付出了多少心血才换来的呀！那一刻，多耐紧紧地把孩子搂在怀里，她觉得自己能替那些最需要关怀和照顾的弱势群体做一些力所能及的善事，就是积德。

为了及时给残疾人服务，多耐给所有残疾人都留了联系方式，和残疾人建立了不同的微信群；牧民们知道多耐血压高，工作辛苦，为了感谢她，有的牧民就在群里给她发红包，可是多耐不收；牧民们看她不收红包，就到寺院里去给她祈福，然后把祈福的条子拍照发给多耐，为她祈求平安。

2018 年 9 月 23 日下午，我们在达日县残联见到了传说中的多耐，美丽的多耐对我们说，她做得还远远不够。“现在国家对边远地区的扶贫力度这么大，我们游牧民族以前住帐篷，严寒季节四处透风，现在夏季转场时年轻人和壮劳力去放牧，老人和孩子可以留在固定的住地，真不错。”多耐说，她常和牧民们交谈，他们由衷地说：“以前哪有这样的好日子呀？赶上了好时代，感谢党和政府。”

# 高原上的少年和少女

他们内心年轻的鹿群顶撞着围栏
梦想冲出阻挡的重重大山
摆脱宿命之绳的捆绑
他们对外来人带来的新鲜物品和传说
趋之若鹜
每一个打破牧场宁静的陌生人和物
都会点燃他们内心的鹿群
撞翻更多的禁忌和围栏
他们驾驶具有现代叛逆精神的越野摩托
疾驰啊疾驰
试图跨越阻碍他们的高山和河流
不顾一切地吮吸外面的世界
他们不怕走几十公里路从牧区的家赶到寺院
寻找能够接收手机信号的地方
追赶时尚和现代的信息
他们渴望年轻的激流汇入远方的大河
汇入能带来生命奇迹的异域
航行到波澜壮阔的海洋

东华和女儿一起去乡上卖牛。2018 年 9 月，德昂乡，牛红旗摄影

## 唱歌的才多

赶牦牛的才多
坐在高原上
一千次梦见自己
像一只小马驹跑过水洼
幸福地朝慈祥的妈妈飞奔
唱歌的才多
坐在开满鲜花的山顶
红毡帽上的鹦鹉羽毛
在太阳下闪闪发光
他被白云蓝天装满情谊的大眼睛呀
吐露心中温柔的羞涩
这个无父无母的孩子
面对黄河高原放声歌唱格萨尔
只有达日慷慨的爱
才能让才多的笑容重新绽放在莲花里
只有格萨尔精神的依靠
才能让才多像骏马一样奔跑在草原

14 岁的巴丁站在自家院子里。2019 年 4 月，桑日麻乡赛杜村，吴刚摄影

康球、沙杰吉、桑吉卓玛兄妹仨。2019 年 5 月 5 日，牛红旗摄影

## 阿 妈

背着女儿穿过雪山的阿妈啦
领着儿子走过草原的阿妈啦
被生活的艰辛压弯过腰又直起来的阿妈啦
让女儿怎么爱你呢
让儿子怎么爱你呢
让我们亲亲你
让我们抱抱你
给我们暖衣和乳酪的阿妈啦
把我们降生人间的阿妈啦
跌倒了扶我们站起来的阿妈啦
让我们亲亲你
让我们抱抱你

放牧的青年小伙达满。2018 年 9 月 18 日，满掌乡，牛红旗摄影

## 骑行高原的少年

跨过一座又一座高山
就能看到外边的天空和大地
越过一条又一条河流
就能看到外边的城市和村庄
走过一截又一截公路
就能遇见平原的人们和船只
骑行高原的少年
驾车在一条条盘桓高山的公路上疾驰
他们为了飞越高原
跟上现代生活
无数次攒足力量将摩托车头冲着远方
高高竖起

16 岁的卓措在家中往炉子内添加牛粪。2019 年 4 月，桑日麻乡赛杜村，吴刚摄影

# 藏戏研究者柔达

我们在达日县城往东的黄河南岸一个山坡上见到了柔达。那天阳光很好，河道里的风也大，那个时候的柔达正在和身穿羊皮藏服的扎德、身着白色藏袍的藏族演员尕金卓玛，以及留着长长发辫的尼噶什一起在背风的山坡后面拍摄一部关于格萨尔王的电视短片。我听说他手头上有一部正在创作的关于格萨尔王的藏戏，就抽空约他进行了交谈。

在交流中，由于柔达说的是藏语，就由他的表兄弟格桑副局长给我们做翻译。柔达出生在达日县西南的上红科乡，有3个妹妹，父亲是一名藏医。柔达7岁那年到红科寺[1]出家，12岁那年父亲调到达日县城，他也跟着转到了离县城最近的查朗寺。查朗寺有一个藏戏剧团，最初他在剧团编排的藏戏中饰演少年格萨尔，后来就慢慢对《格萨尔》萌生了兴趣，最终转入了对《格萨尔》的研究。从20岁起，柔达就开始担任寺院藏戏的编剧，改编有关格萨尔王内容的戏剧，同时也涉及音乐、服装设计等。到目前为止，柔达已经创作、改编了有关格萨尔王内容的大型藏戏4部。这些剧目有的是内容相关的连台戏，戏种属于北派藏戏。

柔达告诉我们："现代意义上的格萨尔藏戏缘起于北派藏戏。藏戏是一种古老的民族剧种，大约起源于600多年前。直到18世纪以后，藏戏进入了成熟期和稳态化时代，却也产生了风格独特的甘南拉卜楞寺[2]的北派藏戏。北派藏戏也称"安多藏戏"，在表演风格、唱腔、歌舞等方面不同于南派藏戏，其艺术风格也不同于西藏、康巴等地的藏戏，剧目则以有说有唱、有歌有舞，且又有完整故事情节的跳神剧为代表。跳神剧是在《米拉日巴跳神剧》的基础上吸收民间歌舞与艺术元素发展而来的。这一时期的北派藏戏在表演艺术、唱腔、音乐、道具等方面都得到了丰富与完善，因而也得到了人们的喜爱。

果洛的北派藏戏所演剧目大多以《格萨尔》史诗故事为主，格萨尔藏戏源于四川省甘孜州德格县竹庆寺[3]。该

时任达日县扶贫开发局副局长格桑。2018 年 5 月，何自力摄影

# 书写德昂洒智书法的桑格达杰

在达日的德昂乡
我见到了德昂洒智书法的传承人桑格达杰
他拿着一株狼毒花
以采集红花绿叶下充满昂扬毒性的沉静
展现书写和贮藏德昂洒智藏文的技艺
他让根噶桑从行李箱中拿出两只木箱打开盖子
展开精美的经书
虔敬地说出他的七代宗师
他穿着红色僧服
在汉地和藏地之间穿梭
以十几种书写工具携带的时光秘语
让远道而来的陌生人
在他陈述的记忆博物馆里
抚摸着历史的刻痕一遍遍地唏嘘

寺历史悠久，尤以表演格萨尔藏戏闻名，查朗寺因与其相邻而受影响，格萨尔藏戏也由此传入果洛。格萨尔藏戏用戏剧的形式把英雄史诗《格萨尔》里的故事搬上舞台，大致可分4类：一是历史较长的寺院格萨尔乐舞，二是具有传统藏戏特征的格萨尔藏戏，三是马背格萨尔藏戏，四是现代格萨尔藏戏。其中，达日县查朗寺格萨尔马背藏戏团的演出最具表演特色。历史上果洛各部族间经常会举行赛马会，为了表达对英雄格萨尔的敬意，祖辈生活在这里的百姓便以奔流不息的黄河与雄伟的巴颜喀拉山、阿尼玛卿山为背景，用古老的藏戏，将格萨尔的英雄事迹搬上了马背，形成了格萨尔马背藏戏的源头。柔达告诉我们："查朗寺藏戏团现有演员60多人，遇到重大节日，或者州庆、县庆时他们都会参与演出。每到春节，他们的演出会在查朗寺前的广场上进行，而且因为对格萨尔的敬仰，许多老百姓都会来观看他们的演出。"

和柔达分别的第二天上午，我们终于在德昂乡见到了依果老人，并在随后的几天里，我们在黄河边、在德昂寺下他家的院子里，多次听他演唱《格萨尔》。

1. 红科寺属宁玛派寺院，位于达日县南达日河谷的红科乡境内，1933年由迦妥寺（即四川白玉县境内的噶陀寺）堪布土丹降华加措出资修建。见达日县地方志编纂委员会编：《达日县志》，西安：陕西人民出版社，1993年6月，第238页。

2. 拉卜楞寺，位于甘肃省甘南州夏河县境内，始建于1709年，属藏传佛教格鲁派著名的6大寺庙之一。寺内丰富的佛教艺术及该地区独特的民间歌舞，奠定了北派藏戏产生的基础。见郎建兰、旺谦编著：《甘肃藏传佛教寺院》，兰州：甘肃民族出版社，2013年10月，第31页。

3. 竹庆寺位于四川省甘孜州德格县竹庆乡，1684年由五世达赖的弟子白玛仁真创建，是四川藏区宁玛派4大主寺之一。见冉光荣、刘勇主编：《四川、云南藏传佛教寺院》，兰州：甘肃民族出版社，2013年10月，第9页。

## 说唱艺人依果

依果老人出生于1949年，有一个姐姐，已经去世。他还有5个女儿、3个儿子，最小的儿子也结了婚，并继承了他的说唱艺术。我们没想到，昨天我们在达日县城见到的那个帅气的小伙子扎德就是依果老人的小儿子。扎德的《格萨尔》唱得十分好，不但继承了父亲的曲调，而且有自己独特的唱腔。这里许多人家办红白喜事都会请他去唱，今天来给我们做翻译的乡里的年轻干部龙多坚措，去年结婚时就请了扎德。

依果老人先前住在自家的牧场，12年前在离乡政府沿着黄河往上2公里处的德昂寺所在地察多村建房安了家。在牧区，上了年岁的老人都会选择在寺院边上建一座房子。依果老人是乡里的民事调解员，他曾经到果洛藏族自治州举办的民事调解学习班进修过，至今还保留着当年学习班上学员的通讯录。他还有州上领导的电话，有县长的电话，有乡长的电话。他曾经是达日县第八届、第九届和第十届政协委员，曾经连续几年获得过县里的“优秀调解员”荣誉称号。依果老人去过咸阳，至今还保留着那次出行的机票。依果老人的父亲生前放牧，他本人只上过两年学，开始接触《格萨尔》是在1965年。依果老人用他特有的嗓音说：“那时，《格萨尔》的书已经出版，我最初也是放牧的时候在山坡上自己唱，村里放牛的小伙伴都来听。”

出了依果家，院外就是一条湍急的黄河支流，我们坐在依果家的草地上，沐浴在下午西斜的阳光里，就能听到院子外哗哗的流水声。我们坐下来聆听坐在父亲身旁的扎德为我们演唱《格萨尔》，扎德演唱时的颤音，就像院外不远处我们生命里无法避开的黄河的水浪声，此起彼伏。在儿子演唱结束后，依果老人也忍不住为我们接着唱了起来。我知道，依果老人至今还保留着从他爷爷手里传下来的一副马鞍，他年轻时去阿坝赶牦牛队时骑马用的就是这副马鞍；在依果老人的家中，我还看到他保存的父亲传下来的黑色帐篷，现在那种黑色的用牦牛毛编织的帐篷已经很少能见到了，我们见到的多是由政府发放的能防雨的白色帐篷；我还见到了母亲传给他的那个银质经筒，和一个他自己从玛多的黄河源头带回来的野牦牛的头骨。说着，老人又开始给我们唱了起来，在院外湍急的流水声里、在近处牦牛的哞叫声里、在不远处黄河汹涌的波涛里，老人的声音像一只无形的手轻轻地安抚着我的心。虽然我听不懂他唱的歌词，但我能真切地感受到他流动的情感。

依果老人 4 年前学会了开车，这天一早，依果老人开着他那辆白色的前面黑色保险杠用透明胶布捆绑着车牌号为青 F50358 的夏利车，卷着尘土赶来，和我们一起到黄河边一个挂满“风马”经幡的滩地上演唱《格萨尔》。五彩的经幡在我们四周随风飘扬，明亮的阳光照亮了开满野花的草滩，身穿藏袍的依果庄重地在草滩上坐下来，开始给我们演唱《格萨尔》里的故事。老人最初先祈祷，接着介绍自己，然后叙述故事。他特有的声音映衬在被强烈紫外线晒得黑红的面孔中，在我们的脑海中飞翔。

特合土乡乡民。2019 年 10 月，何自力摄影

## 嫁给王德贵的格德吉

一

父亲和王德贵一块修公路
把没上过学的格德吉许配给他
格德吉嫁给王德贵以后
先后生下女儿扬青措和儿子华丹尼玛
只去过一次王德贵在青海民和的父母家

二

在开着一扇小窗的白帐篷内
格德吉拎着一块牛毡点燃牛粪后
提着塑编袋走出门外
她还没学会走路的儿子爬出门槛
看了一会儿牧场上的陌生人和牦牛
高兴地朝正在畜栏内铲牛粪的母亲爬去

依果老人坐在阳光里，兴致饱满、神采飞扬地给大家表演，只见他时而微闭双眼，时而挥舞手臂，眼神所到之处似乎就是故事发生的现场。他先说后唱，说时语速极快，却是那样的爽快清晰；唱时婉转绵长，情绪饱满。图登华旦告诉我们：语言的丰富性和准确性，是《格萨尔》语言艺术的第二个特征。《格萨尔》的唱词既有古代藏语，又融会了现代藏语；既有书面语言，又有经过锤炼的日常口语；既有民族共同语，又吸收了各地有生命力和表现力的方言词汇。而《格萨尔》语言艺术的第三个特点，是运用了大量贴切、生动又形象的比喻和凝炼的谚语。藏族的民间文学，尤其是民歌，本来就有善于运用比喻的艺术传统，《格萨尔》不但继承了这一传统，而且将它发展到更高的水平；尤其谚语的引用，使史诗的语言富有哲理，使人有所领悟，为《格萨尔》平添了很多回味无穷的韵味。

依果老人和关确丹增、年轻的柔达和扎德这些来自民间的说唱艺人和藏戏热爱者，就是《格萨尔》史诗的直接创造者、忠实继承者和传播者。作为一部英雄史诗，《格萨尔》不仅叙述了格萨尔王毕生的征战史，也是一部多视角、全方位记录和反映藏族古代社会生活，映照现实生活的鸿篇巨制。《格萨尔》是相关族群社区宗教信仰、本土知识、民间智慧、族群记忆、母语表达的主要载体，是唐卡、藏戏、弹唱等藏族传统民间艺术创作的灵感源泉，同时也是藏区现代艺术形式的源头。《格萨尔》在其漫长的流传过程中，凝结和积淀了藏族悠久的历史和灿烂文化，使其成为人们了解、认识和研究藏族历史、政治、军事、宗教、语言、文学、艺术、民俗的百科全书。

在依果老人 20 多岁的时候，每年秋季都会和村里人一起赶着牦牛往玉树去，或者往四川的阿坝去。他沿着黄河到过位于玛多的扎陵湖之南的哈姜盐场，顺着黄河往下去过甘肃的玛曲，与他同行的少时四五个人，赶着二三十

## 女儿

你透过帐篷的缝隙望着陌生人
好奇又害羞
妈妈的女儿啦
你长得亭亭玉立
陪你玩耍的白马和藏狗偎依着你
哥哥弟弟围绕着你
妈妈的女儿啦
有一天你就要远嫁
阿妈舍不得你呀
阿爸舍不得你呀
哥哥和弟弟舍不得你呀
阿妈和阿爸红宝石一样珍贵的女儿啊
求菩萨让你嫁个好人
让他像阿爸和阿妈那样保护你吧

放假后的卓措在家中，她的梦想是毕业后成为一名舞蹈家。2019 年 4 月，桑日麻乡赛杜村，吴刚摄影

## 打夯的藏女

在狮龙宫殿碉楼上
头顶雨云
打夯的女人们
裹着头巾喊出的号子
整齐而有力
她们手持夯具的长木柄
排成两排
仿佛在跳一种合力敲击地面的——
谦卑之舞

特合土乡原副乡长达依。2019 年 5 月 2 日，牛红旗摄影

冷智多杰很早就想成为一名农机手了。2018 年 9 月，德昂乡，牛红旗摄影

头牦牛；多时二三十人，牦牛多达二三百头。他们常是两人一组，远远地在路途中对唱。等到了交易的地方，就卖掉带去的毛皮与黄油等奶制品，以及一部分牦牛；返回时，他们则会带上米面、食盐和一些日常用品。

这时，依果老人停下来用他特有的表情看着我说："到了一个地方住下来，我们就会玩一玩，晚上喝些酒，唱上一段《格萨尔》。"有一年他们去阿坝，住在一个小店里，晚上他给几个当地老人唱《格萨尔》故事里最经典的一段，几位老人都听哭了。第二天，他们就用酒肉招待他，一家一户地请他去唱《格萨尔》，一下唱了一个星期，很多人都被《格萨尔》里的故事感动了。依果老人说："不仅是我唱得好，故事也感人。那个时候我身上连件衬衣都没有，只穿一件羊皮袄、一双破鞋子，但那个时候很幸福。我唱《格萨尔》是因为我热爱他，因为我信他。"后来乡里的赛马节上邀请他去唱《格萨尔》，再后来乡里谁家有了红白喜事也会请他过去演唱。他最辉煌的一次是跟团到北京演唱《格萨尔》，然后又去了青岛，当时在200人的团队中，许多人都给他献了哈达。而每年祭拜阿尼玛卿神山或年保玉则神山时，许多人都骑着马，后面跟着长长的队伍，先煨桑，然后唱《格萨尔》祭祀神山。

依果老人虽然没有亲自传授学生，但他演唱的曲调、旋律、风格被很多人学习，在民间流传，被民众接受。像依果老人一样，《格萨尔》说唱艺人主要生活在牧区，分散的、个体的游牧生活使他们几乎与外界隔绝。他们每日早出晚归，放牧牛羊，如此单调的生活周而复始。他们看到的是无际的蓝天、宽阔的草原和成群的牛羊，心中只有那原始、古朴的格萨尔王故事的雄浑曲调。正因为《格萨尔》反映了人民的疾苦，表达了人民的心声，才能在曾经深受苦难的藏族人民心中引起共鸣，这也是《格萨尔》史诗世代相传、历久不衰的重要原因。是的，依果老人的《格萨尔》不是专门唱给谁听的，像许多藏族民间的说唱艺人一样，

东桑（男，40 岁），肺结核；尕忠（女，38 岁），肝包虫病；长子尕南（17 岁），白化病、脑结核；次子拉杰（10 岁），白化病；三子丹贝尖参（6 岁），白化病；四子格拉丹增（2 岁），无病史；长女美朵吉（13 岁），白化病；次女美朵措（6 岁），无病史，现于乡寄宿学校就读一年级。全家依靠国家救济，有 11 头牛、有房，故没有纳入易地搬迁之列，2017 年 10 月建档立卡，纳入贫困户帮扶规划。东桑在患病前会在虫草季采挖虫草，放养牲畜；患病后无劳动能力。桑日麻乡，马宏波摄影

《格萨尔》构成了他的日常生活，他年少放牧时会因为寂寞歌唱，《格萨尔》陪伴了他的成长；他长途跋涉在荒凉的路途中，也是《格萨尔》陪伴着他，最终成了他生命的一部分。

夏季牧场上的牧民。何自力摄影

## 根噶一家

2018年9月21日我们在依果老人家见到了根噶和他的大儿子沙杰吉。后来，我们和依果老人说话时，根噶去乡里的寄宿学校看小儿子，小儿子在学校里要学汉语、藏语和英语3种语言。那天根噶把小儿子从学校领出来，带他去小饭馆里吃了一顿饭，然后给了他一些零花钱。后来，根噶告诉我，他家就这个孩子喜欢跟着爷爷和叔叔扎德唱《格萨尔》。

根噶家后面的那条小河叫次此河，那些终日流淌的一去不返的河水一刻不停地在他家屋后发出哗哗的声响，然后在离他家不远的地方拐了一个弯往黄河里流去。5年前，根噶在自家的冬季牧场上建了固定住所。但每年7月份，他们还是要搬往离这儿有20公里的夏季草场，在那儿待上两个半月，然后再回到冬季牧场。

根噶除了有2个儿子，还有2个女儿，那天傍晚我们在根噶家见到了他的大女儿桑吉卓玛。那时的桑吉卓玛正在她家草地上修理牛栏，家门前的空地上拴着3条狗，一条黄色的藏狗正在褪毛，另外两条黑色的藏狗也在褪毛。桑吉卓玛告诉我说，她爸爸每天都要开车去乡里，就只有她在家里陪妈妈。桑吉卓玛长这么大去过最远的地方是四川阿坝，最高兴的时候就是星期天，哥哥回来了，弟弟和妹妹也回来了。如果有事儿打电话，她就会骑马沿着河谷到黄河边的一个山坡上去，因为到了那里手机才有信号。

这天傍晚，我跟着桑吉卓玛到山坡上去赶她家的牦牛回家。桑吉卓玛家那3条藏狗的汪叫声从坡下传上来，终日寂寞的狗今天终于有了表演的机会，一声接一声地对着我们汪叫。等桑吉卓玛把牦牛群赶到牛栏里，她还要抱着小牛喂盐巴。桑吉卓玛家1岁的小牛有10来头，每一头都要抱着喂盐巴。桑吉卓玛抱着一头小牦牛对我说："这一头是我的最爱。"然后她指着一头大牦牛说："这是它的妈妈。"又指点着另外一头牦牛说："这是它的爸爸。"最后桑吉卓玛指着一头黑色的大牦牛说："我们家的牛都听它的。”说话间，桑吉卓玛的母亲西措端着一个盆子从屋里走出来，要去给那3条汪叫的狗送吃的。

西措每天天不亮就起床，生火烧水，到牛栏里挤完奶后回屋开始做早饭：曲拉、奶酪、酸奶，煮酥油茶，然后把丈夫和孩子们都喊起来吃饭。等丈夫吃过饭开车去乡里，女儿也把栏里的牦牛赶到山坡上去吃草，西措就去栏里收拾牛粪。冬天的时候，要用后半夜还没有冻住的牛粪把前半夜已经冻住的牛粪粘到牛粪墙上；等到下大雪或者夏季阴雨连绵的日子，西措就要去牛粪墙下掏干的牛粪当做饭的燃料。西措告诉我：“家里用来烧牛粪的生铁炉子，是丈夫和儿子从达日县城花1400元买来的。”

在果洛牧区，牛粪墙对一个牧民家庭十分重要，晾干的牛粪是家里生火做饭的主要燃料。同时，牛粪墙围起来还是牛圈，冬天牦牛用来躲避风雪，夜里还可以防狼。在牧民的家中，如果他家的牛粪墙又高大又长，这户人家的日子一定过得富裕，而这象征着富裕的牛粪墙都是牧民家的女主人一日接一日用双手打起来的。等清理完牛栏里的

特合土乡昆多村的洛容（右一）和两个村民在黄河边聊天。2019年5月3日，牛红旗摄影

特合土乡村民在村民大会后的合影。2019 年 10 月，何自力摄影

## 亲爱的唐姆

德昂乡的姑娘
金露梅一样的姑娘
只有长着一头乌黑长发的唐姆来到唐什加村
嫁给了摔断双腿的保洛
为他生下三个女儿一个儿子
日日在佛前祈祷
每天天不亮
唐姆就挤奶、做酥油茶、服侍丈夫穿衣吃饭了
每天天已黑
唐姆才背着孩子将牦牛从山坡赶回来了
如果有人问唐姆累不累
她总是低头笑笑
默默地朝铁炉里投入几块干牛粪
好看的唐姆从不提及独自扛起一家人生计的艰辛
而是拿出从丈夫双腿里取出的铁钉、铁夹给人看
她觉得这些带血的铁钉、铁夹镶嵌在瘫痪在床的保洛身上十六年
让丈夫真正受了苦

牛粪，西措就和女儿回到屋里开始把新鲜的牛奶放到电动牛奶分离器里，从里面分离出酥油来，剩下的就做成曲拉。西措告诉我说："以前分离酥油用的都是手摇的分离器，现在电动的方便多了。而家里的电视机、洗衣机这些电器使用的都是太阳能。"在次此河边，我看到西措家的洗衣机放在露天的河边，由于地面不平，洗衣机的一边是根噶用两块石头垫起来的。因为没有自来水管道，西措家吃水都是去河里提，每次用洗衣机洗衣服也都是西措或者女儿用水桶从次此河里提水先倒进桶里，然后再使用。当然，家里做的酸奶是要使用没有分离出酥油的新鲜牛奶。

给牦牛挤奶是一项十分繁琐的工作，要先给第一年新下奶的母牛挤奶，因为第一年下奶的母牛奶量大；其次是下了 2 年奶的母牛；再次是下了 3 年奶的母牛。西措每天都是这样，先把圈里下奶的母牛一头一头地伺候好，然后才回屋里做饭。等有空闲时，西措也会看一看手机，但看手机也是白看，因为家里没信号。如果想给娘家人通话，就要随丈夫或者儿子到乡上或寺院里去。西措的父母都过世了，如果她想和娘家的亲人见面，也多是先约时间，再从不同方向赶到寺院去。

根噶最初花了 5000 多元买的那辆摩托车现在已经不能骑了，整日躺在次此河边的草地上，听着次此河的流水从身边流过，偶尔也会听到主人家的藏狗轮换着在布满了星星的夜空里发出汪叫。其实，并没有人从他家牛栏门前的土路上走过，那多是风吹过低矮的灌木丛，或是一只鼠兔从地洞里爬出来惊动了那些狗。

2019 年 5 月 4 日的傍晚，我们再次来到依果老人的大儿子根噶家里。和父亲一样，根噶在第二牧委会第三小队做了 10 多年的民事调解员，有时还组织牧民参加一些宗教活动，比如去神山下煨桑。根噶的大儿子沙杰吉今年 20 岁，已经谈好了女朋友，所以在今年的夏季，根噶和家人要在

# 英俊的扎德

泉水的声音啊

流过草原

扎德啊

歌声引来了喜鹊

姑娘，来吧

在高高的山坡上

邦吉梅朵插在你长长的发辫上

红珊瑚的珠串

戴在你洁白的脖颈上

姑娘，来吧

扎德的歌声

日夜飞向你

就像流不尽的黄河水

流遍高原的每一片草原

又像多情的白云

吻过果洛的每一座高山

次此河边的冬季牧场里把沙杰吉的新房盖好；到了秋季，等牦牛从夏季草场转回时，儿子就可以把新娘达分西科娶回家来了。女儿桑吉卓玛比哥哥小 2 岁，我们在的这天赶巧她的男朋友也来了，桑吉卓玛也计划今年秋季要出嫁。

因为给大儿子盖新房，根噶家花了 20 万元左右，结婚的费用也有近 10 万元。根噶家养有 60 头牦牛，因儿子结婚后要分出去一些，女儿出嫁时也要陪送一些，虽然亲朋好友在儿子和女儿结婚时会送一些牦牛作为贺礼，但根噶还是感到有压力。

2018 年 9 月 21 日的傍晚，我跟着桑吉卓玛去山坡上赶牦牛，一出门她就看着我说："我漂亮吗？"说完她那被紫外线改变了肤色的面孔上呈现出了羞涩的神情。我的心一下被这个 18 岁少女的问话刺疼了，我说："你很漂亮……"那一刻我转过身去，泪水朦胧的目光沿着遍布黑色牦牛和白色毡帐的次此河草黄色的山谷望去，在宝石蓝色的天空下，我隐隐听到在巴颜喀拉山脉和阿尼玛卿山脉夹峙下奔腾不息的黄河穿越崇山峻岭时的吟唱。

# 安多藏区的康巴汉子

2019年5月3日上午，我和图登华旦、江媛，还有旦正，开车离开特合土乡，前往三江源保护区的岗纳格玛错。我们沿着黄河往西北方向的玛多走，途中拐向柯曲河，过河之后又折回黄河岸边时，遇到一家赶牦牛转场的牧民。那些牦牛和我们一起慢步同行，通过图登华旦和牧民交谈，我们知道他们在转场。

前面我们已经说起过，果洛境内的游牧民都有3个草场：每年5月份，也就是眼下这个季节，是要从冬季牧场转到夏季牧场；而2018年9月我们来这里的时候，正好赶上从夏季牧场转到秋季牧场。所以，我们不止一次地在路途中看到有牧民赶着成群的牦牛和我们同行，就像现在我们遇到的情景一样。我们的车子在成群的黑色牦牛群里慢慢地走着，有无数纷乱的牛角在空中晃动。牦牛们一边走一边相互挤撞，气息从它们的鼻孔里吸进又呼出，发出“哧哧”的声响。图登华旦一边开车，一边吹着哨子驱赶贴近车身的牦牛，还一边给我们做翻译。

在果洛，和藏族同胞交流最大的困难就是语言，幸好我们有图登华旦。藏语拼音文字来源于印度的一种文字体系，据传是7世纪时藏王松赞干布手下的大臣图弥三菩札仿效梵文创制，这也与印度佛教文化在西藏的传播有关。

2018年9月22日，在德昂乡政府，我们见到了德昂洒智书法的第九代传人桑格达杰。桑格达杰1972年出生在德昂乡，他所在的东阳寺是达日县境内唯一的觉囊派寺院。桑格达杰16岁进入东阳寺，22岁开始拜德昂寺德昂洒智书法第八代传人查·班玛智巴练习藏文书法，德昂洒智因起源于果洛藏族自治州达日县德昂乡而得名，2008年入选国家级非物质文化遗产名录。在练习藏文书法的同时，桑格达杰开始研究藏纸、藏墨、藏笔的制作工艺。德昂洒智制笔工艺独特，通过劈、削、刻、发酵、油浸、熏烤等工艺流程，以达到书写流畅、刚柔适度、经久耐用；墨以当地矿物质和植物为原料，经研磨、烧制、调和等工序制作而成，在水中浸泡数年不掉色、不走墨；纸则采集当地植物，经剁、切、煮、刮模、定型等工艺制作而成。那天，桑格达杰从他随身携带的箱子里取出书写工具，书写书法作品赠给我们留念。

图登华旦说，在整个青藏高原藏区[1]的语言里，他不敢保证都能听得懂，但在其中的卫藏、康巴、安多三大藏区[2]里无论走多远，他都能基本听懂，并且能日常交流。若按三大藏区的划分来说，则自阿里的贡塘至索拉夹窝山以上区域，称为“卫藏法区”；自黄河河湾以上区域，称为“多朵人区”（康巴）；自汉地白塔寺以上区域，则称为“安多马区”，其意为卫藏区是佛法兴盛之地，康巴区的人长得高大英俊，而安多区则是产宝马的地方。这种概括已不单纯是一种地理概念，而是给地域赋予了一种文化内涵，即三区的划分是以文化特征为依据的。

“自通天河之色吾河谷，北逾巴颜喀拉山，其东麓有阿庆冈嘉雪山与多拉山，据说将这两座山峰之名的首字合并起来，就将自此以下的区域称为‘安多’[3]。”由于安多藏区位于青藏高原东北部，是全部藏族分布区的边缘地带，自古以来就与东边的汉文化和北方的阿尔泰文化联系密切。历史上这里也是多民族聚居的地方，匈奴、吐谷浑、吐蕃、蒙古、土、回、撒拉等族的先民们，在历史的变迁中相互融合与交流，逐步形成了今天独特的安多文化。安多是宗日文化和卡约文化的故乡，也是汉文史籍中羌文化的中心。这里名人辈出，曾经涌现出像宗喀巴、更敦群培、十世班禅大师等学术大师和高僧，最具权威的藏传佛学院拉卜楞寺就位于甘肃甘南州，全球闻名的可可西里、藏北羌塘无人区，以及久负盛名的热贡唐卡艺术都在这片土地孕育。

此外，安多地区有广阔无垠的大草原，黄河上游的草原、环青海湖草原都是优良的天然牧场，藏族地区最丰美的草原均在安多。草原为藏族游牧民提供了生存空间，并相应地产生了高原游牧文化，即适宜于高海拔地带的一种生活方式，积累了丰厚而实用的高原生存经验，“安多马区”显然概括出其游牧文化的特征。

图登华旦说，藏语分卫藏、康巴、安多3种方言，卫藏和康巴方言语音比较接近，与安多方言差别较大。藏语的方言差别主要表现在语音和词汇上，安多方言语音差别突出的是复辅音声母。图登华旦给我打了一个比方:“粤语和闽南语都是汉语,但他如果用方言跟你交流，那就存在着一些困难。同样，藏语的3大语系里也有许多方言，如果遇到说方言的就很难沟通，但我不存在这方面的问题。你说安多语、康巴语我都能听得懂，也能交流。对我来说，卫藏语系虽然交流上有一些困难，但能听得懂，所以我走遍藏区，在交流上没有多少问题。”

有时候，图登华旦不高兴了，就开始用藏语跟身边的同胞交流。他们一说藏语，我们就一句也听不懂，但从他的语气里，我能真切地感受到他情绪的波动。图登华旦的祖籍是四川甘孜州石渠县，在图登华旦的身上有着康巴藏区的血统，我称他“康巴汉子”，他也微笑着点头默认。图登华旦说，达日虽然属于安多藏区，但因为距离四川比较近，像上红科、下红科的藏民如果到这边来，赶牛、骑马要走上好几天，可如果往四川甘孜州走一天就到了，所以他们赶集、买卖都到甘孜州去。这样无论从语言上、生活方式上，还是服饰上，他们都更接近康巴藏区。

后来图登华旦告诉我说，“康巴汉子”这个外号就是内地摄影界的朋友给他起的，果洛的朋友也给他起了一个外号叫“疯子”。在图登华旦身上，康巴汉子的性格时时会体现出来：豪爽、重情重义、爱开玩笑，也让人感到温暖。在这高原上，你总觉得他就是你的靠山。

这天，我们跟着我们的“靠山”，在路过玛多县境内最大的寺院和科寺后，逐渐接近我在睡梦中已经到过的高原湖泊岗纳格玛错。

1. 藏区在国内即指西藏自治区、云南省、四川省、青海省、甘肃省等地的藏民活动区域。

2. 三大藏区的划分在元代就已出现，并概括为“卫藏法区”“康巴人区”“安多马区”。卫藏区是指西藏拉萨、日喀则一带。康巴藏区是指西藏的昌都和四川的甘孜州、青海的玉树州、云南的迪庆州一带。安多藏区是指青海除玉树州以外的其他藏族地区和甘肃甘南州、四川阿坝州的一部分区域。见（清）智观巴·贡却乎丹巴饶吉著，吴均等译：《安多政教史》，西宁：青海人民出版社，2017 年 11 月，第 5 页。

3. 见（清）智观巴·贡却乎丹巴饶吉著、吴均等译：《安多政教史》，西宁：青海人民出版社，2017 年 11 月，第 5 页。

这头牦牛不好好吃草，根错请来兽医帮着检查原因。2019 年 5 月 8 日，牛红旗摄影

# 主创感言

# 让贫困的人看到幸福的未来

何自力

一

第一次遇见南罗时，他说话很少，只是在一群年轻人中有些羞涩地笑着。随着音乐响起，涌动在血液里的歌舞基因，便化作了生命的律动，载歌载舞的南罗有如神助的精灵。

两年后，在达日县城一个婚礼现场，又见南罗。远远奔跑来到我们面前的南罗，热情地握着我们的手，大眼睛眯成一道缝，露出满口白牙，自信地笑着。随行的图登华旦说，他现在已经是当地的网红了，当上了互联网主播。

在走访查朗寺的时候，我和僧人尕曲成了微信朋友。穿着喇嘛服的尕曲，有着年轻人的喜好，更有着信仰的执着。两年多的关注，让我感到身在果洛高原上的尕曲离这个世界很近。他去浙江云游，去西藏朝圣。他在宽广的草原上喝咖啡，在溪水中耍酷拍照……

一天，尕曲发来一张图片，是一张藏汉双语的奖状。我放大图片，仔细地阅读奖状上的每个汉字：在查朗寺讲修如意宝喜林吉祥院经过6个月的学习，尕曲获得了“二等奖第二名”的好成绩。

在达日县残联工作了十几年的多耐，患有先天性心脏病和高血压，50多岁的她为了残障人士的早日康复和及时就医，不顾自己的生命安危，日复一日地在达日县城与青海省康复中心600多公里的山路上奔波。沿途有多座海拔4000米以上的高山，对于身体健康的人也是一种挑战。汉语和藏语都娴熟的多耐说：“随身携带氧气就可以克服！”她常说：“我是一个牧民的女儿，是果洛山河养育长大的。我为残疾人服务，为弱势群体服务，这样的工作让我感到无上的光荣！”达日县残联对这位全国劳模的评价是：“在本职工作岗位，以一个普通共产党员无私奉献的工作态度，在平凡中实践着不平凡的人生价值。”

认命不是屈从，是耐心和敬畏。南罗、尕曲和多耐的故事，是生活在青海果洛那片神奇高原上的人们的缩影。当这些平凡的人和故事与我们的扶贫攻坚驻点创作组的人相遇，留给我们的是这样的启发：这个世界上应该没有人愿意选择贫困，但既然贫困选择了他们，他们就得负重前行。

二

除西藏自治区外，青海藏区是中国最大的藏族聚居区。中国10个藏族自治州中6个在青海境内，全省藏区总人口逾210万人，占全省总人口的36%。青海藏族聚居区域整体贫困与民族地区发展滞后并存，经济建设落后与生态环境脆弱并存，人口素质偏低与公共服务滞后并存的“三重矛盾”一直制约着青海，青海省扶贫开发任务之艰巨、难度之大，是中国“扶贫攻坚”的典型。

选择青海省果洛藏族自治州达日县作为扶贫攻坚文艺创作驻点项目的实施地点，是因为达日县于1992年被确定为省定贫困县，1994年被确定为国定贫困县，为适应新阶段扶贫工作的需要，2002年被确定为国家重点扶持县。

达日县地处青藏高原，果洛藏族自治州南部，全县平均海拔4000米以上，县政府所在地吉迈镇海拔3970米。达日县属高寒半湿润气候，无明显四季之分，冷季风大雪多，气候寒冷，持续时间7—8个月。包虫病为当地主要流行性疾病。

据当地政府统计，截止2006年底，达日县全县贫困户有1690户6875人，确定城镇最低生活保障对象746人。全县牧业户有5306户21490人，绝对贫困村有12个，占村总数的37%；绝对贫困户689户，占总户数的13%；绝对贫困人口2685人，占牧民人口总数的13%。低收入贫困村15个，占村总数的46%；低收入户数1001户，占总户数的19%；低收入人口4190人，占牧民人口总数的20%。

针对“因寒致贫”“因病致贫”种种突出的矛盾，在国家、地方、企业，以及社会各界的同心合力下，面对世代的贫困，他们开始了挑战。

三

第一次赴青海果洛是在2018年10月初。平均海拔近4000多米的果洛，秋天已经要穿羽绒服了。听说早先启动的别的项目组做得有声有色，而我们却有些摸不着头绪。

果洛这片诞生过英雄格萨尔的土地，仿佛还停留在传奇里。天很高，山绵延不断，黄河水时而湍急、时而平静。在夏季牧场上，我们遇到留守在帐篷里的女人与孩子，在藏语翻译的口中我们得知这些原本信马由缰、逐草而居的牧民，早已被政府安置在固定的住所，夏季有帐篷，冬季有砖瓦房，牛羊也交由专门放牧的牧民统一放养，他们的生活也不再遭受大自然的灾难与祸害，得以稳定，得以温饱。

随着生存条件的改善，长期困扰当地人的包虫病，以及因包虫病致贫的牧民人口正越来越少。从预防入手是当地政府推行的公共卫生策略。公路边、牧场上，随处可见提醒牧民预防包虫病的巨幅广告牌，且广告用藏、汉两种文字写成，预防步骤详细明了，甚至洗手的步骤也一清二楚。从当地摄影师图登华旦那里，我们了解到果洛的卫生医疗网点越来越健全，即便牧民感染了包虫病，也能得到及时救治。

我们遇上一群在县文化馆学习传统文化的年轻人，他们是扶贫开发政策的受益者。他们中有的是凭借自己对传统说唱艺术的热爱，有的是从小受家人的熏陶，有的是天分超群、无师自通……他们收入微薄，但乐观、积极，有着对美好生活的向往。他们走到一起说唱《格萨尔》，只为了传承歌颂他们共同的英雄格萨尔之魂。从他们阳光年轻的表达中，我们能体会到英雄的史诗将承传下去，而且正散发着时代的魅力。

四

第二次上达日是2019年4月底，高原上还飘着雪。

去查朗寺的路上，同行的艺术家有的开始剧烈的高原反应，但他们仍然坚持着不放过领略藏族文化风情的任何精彩瞬间。

查朗寺是青海著名的寺庙。当年果洛州迎接新中国成立的第一面五星红旗就在这里升起。寺庙里如今桑烟袅袅，喇嘛云集。

“一个都不能少”，解决喇嘛贫困也是脱贫攻坚的重要任务之一。本着这样的脱贫攻坚原则，青海宗教部门制定了专门的政策，可行有效。即便在寺庙里，也要让每个喇嘛不再被贫困击倒。

不远处，崭新的狮龙宫殿拔地而起，神奇而伟岸。晨钟暮鼓，伴随着阵阵诵经声，仿佛格萨尔的队伍仍在保佑着这块土地上的人们，摆脱贫穷，过上吉祥如意的生活。

第三次上达日是在2019年10月中旬。行程是为让我们驻点项目已有的创作更加饱满丰富。

我们再次去包虫病的重灾区特合土乡，正好遇上村里召开防灾动员会。乡亲们驾车、骑摩托车，最远的要从100多公里以外的地方赶来。从他们风尘仆仆的脸上，我们读到了他们对摆脱贫困的期待与勇气。

乡党委书记赵勇告诉我们，他们有信心，要让逾百户贫困牧民看到幸福的未来。面对贫困的挑战，像所有达日人一样，他们正在交出一份无愧于历史的答卷！果洛州包括达日县在内的所有贫困县，在2020年4月宣布脱贫。

五

去青海果洛藏族自治州达日县，是2018年9月某个中午我在单位电梯间偶遇该扶贫攻坚艺术家驻村工作项目组组长陈小波，便毫不犹豫地答应的行程。记得陈小波叮嘱我们，去果洛就要去读一个人——庄学本，那个为后人留下果洛历史的摄影大家。

她还说回来她要编一本书，要把庄学本的社会学、人类学记录方式延续下来，去记录脱贫攻坚的历史进程。

随后的三上达日，让我跟随着中国摄影家协会副主席陈小波、作家墨白、诗人江媛，以及获得过500多个国内外摄影奖项的图登华旦、诗人摄影家牛红旗、山西画家李兴骏、摄影新秀马宏波和新华社青海分社记者吴刚一起，亲历和目睹了生活在这个高原上的农牧民与贫困的攻坚决斗。

有幸参与这个项目，作为扶贫攻坚的目击者，大家同心协力，克服高原反应等困难，努力用热情与感动记录这一历史时刻。

在“修行”的路上，所有的相遇都值得珍惜与铭记。

# 果洛手记

江 媛

没有一个地方像果洛那样，让人在很短的时间里体验生命的坚韧和死亡的惨烈；也没有一个地方像果洛那样，在我眼前同时呈现信仰的山峰和匮乏的荒原。

我们沿着黄河边的碎石路，驱车颠簸在群山中，时而爬上高山，时而进入河滩，时而又迷失在无路的荒原……弯弯曲曲的山路仿佛走不到尽头，绵延的群山似乎总也爬不完。黄河跟随我们一路流淌，时而汹涌湍急，时而变成涓涓细流，时而又消失不见……在四处晃动着雪光、水光和花草之光的高原，太阳赶走了大地上的每一片阴影，迫使人人眯缝着眼睛，仿佛都被太阳搞得笑眯眯的。

我知道有一朵莲花在悄悄生长，等待盛开在最高的雪峰上；我知道每一座雪山都曾挥动风雪的经幡，以自然的神性赐予人们纯粹的爱与勇气。

环顾高原，只见天空辽远、群山逶迤，无边风雪弹响高山的骨骼，催促雪的仪仗队在天地间浩浩荡荡地行进。风的狮群奔过大雪染白的山峰和草滩，一路咆哮……风扬起经幡，吹开花朵；风打破禁忌和思想的围栏，按照自由的心意雕刻着大地。所有的道路在一夜间消失，所有的河流藏匿了踪迹。一座座高山抖动着呼呼作响的银白披风，把人马掀翻在地。骑士们赶着赛马顶风冒雪地朝狮龙宫殿行进，他们祈求喇嘛的诵经声平息使牧民迷失方向的风暴……

我们转过一座山，转眼从冬天走进了春天。一头头牦牛在绿山上吃草，一朵朵邦吉梅朵眨着水亮的眼睛，这让我想起风雪中搀扶着的、相依为命的小姐妹亭亭玉立地站在山冈上，一朵朵饱含春天的情谊，一朵朵头顶太阳的光芒，一朵朵朝着陌生人和没有尽头的路，望啊望……

暴风雪过后，辉煌的太阳再次泼洒光瀑浇灌天空和大地，幻化出漫天飞舞的七彩光羽，织出金色的光之纱衣，由大风披在雪山、草原和湖泊上，闪耀着五颜六色的圣洁之光，照耀出人们灵魂的喜悦。

此刻，春天的种子已被风暴亲吻着拱土而出，睡在冰下的湖已被春风抱暖慢慢融化，而我们哭了一路笑了一路的这群异乡人，始终相信在冰雪覆盖的高原上，在弦子灌醉民歌的高原上，光明只属于从风雪中掏出秘密火焰的人。我们经过黄河大拐弯，遇见赶着牦牛群穿越风雪的两个女人。她们用围巾蒙住头脸，一边以冰雪的目光打量我，一边手持打狗的铁锤赶着畜群跨过一道道风雪的围栏，让我记住了她们擦过雪片的藏袍和湿漉漉的后背。

果洛，走过茫茫的雪线，我是漏进你心里的人；三江源，跟着你浸透冰雪的阳光，流进湖的明眸，我是爱上你的人。

# 达日手记

牛红旗

一

雪花纷纷飘落下来，不声不响就把天地给罩住了。跺跺脚，草地闷闷作响，使人觉得不像是站在高原上，也不像是身处于辽阔的草原。前阵子听达日县文旅局的小伙子讲，来达日要多带些衣服，这里天气多变，一天可能会经历好几个季节。天气好像专门来印证他这话似的，没过两个小时，晴朗的天空果然聚起了许多云朵，不觉然间飘飘荡荡下起了大雪。我真不知该把此刻的天气当作秋天还是冬天。回头再看身后的狮龙宫殿，高耸的塔楼朦朦胧胧，褐色的宫墙已完全模糊。

二

我这次来达日的主要任务是拍照。小波老师早就构想好了，她提示大家，要把这次采访任务与天、地、人结合起来，尽可能做完美。我琢磨着，这三个字听起来简单，可要与精准扶贫揉合在一起用影像表现出来，对我来说，真是件难上加难的事。

小波老师说，脱贫是件天大的事，有天意蕴含其中；脱贫是已经落地的具体事件，脚踏实地、深入牧区才能感知真情实事；脱贫更是件关乎人间烟火的事，与牧民的衣食住行紧密相关。

她又说，过去人们做事讲究天人合一，我们这次不该过于拘泥，该把天人合一与这片辽阔的土地联系起来，用三者的共同联系来呈现精准扶贫的成果。

雪花飞扬过一阵，变成了小雪，小雪飘过一阵，也停了下来。我顿然觉得，如此洁白的雪花，应该是来滋润草原的。来到黄河边，雪花渐次化成了露珠，阳光照射着逶迤的河流，照得草地金光闪烁。望着河岸上正在建设的牧民新村，我心想，阳光既然如此温暖，肯定也是来扶贫的。

三

草地上通常有星星点点的牦牛群悠然移动。乍看上去，它们纹丝不动，看久了却发觉刚才那片草地已被它们撂到了身后。黄河似乎没有流动，到了岸边方感到河床宽阔无比，才看得清水面上层层叠叠的浪花。

踏上辽阔的草地，我发现自己如牦牛一般渺小，如青草一般渺茫。山岭高处有几朵白云，如酸梨树叶一般，如镜片一般，如悠然摆动的羽扇一般。

我不知自己是不是一小片云朵，是不是一个走向寺院的僧人。云说有便有，说无便无，寺院说幽静便幽静，说消失便会倏然没入云中。

四

格萨尔王是藏族人心目中的天神，关于他降妖伏魔、抑强扶弱、造福百姓的传说已流传了不知多少年，依然没有失传。

德昂乡就有位会唱《格萨尔》歌谣的民间老艺人伊果。他嗓音洪亮，鼻子宽阔，嘴也宽阔，正经八百歌唱《格萨尔》时发出的声音却是沙哑的，也许是古老的传说使然吧。他正正规规地穿好民族服装，站在黄河边的高坎上，才能发出这种令他自己满意的声音，才觉得是在引吭高歌。

依果老人的嗓音中有丰富的细节，眼神闪烁着阵阵光亮，手指在空气中微妙地抓捏着什么。这些瞥一眼就知道了，且能感受到格萨尔王在他心中的位置。可我却无力用相机把它捕捉下来。

也许传说本来就是件无法完成和期待继续完善的事情；也许传说的奥义只能意会而难能用具象表达；也许格萨尔王传说的每个细节恰恰储藏在雪花一般洁净的阳光里，储藏在经幡、毡房、酥油茶，乃至藏族女人挤牛奶时项上琥珀与银饰闪现的光晕中。

优美的传说是不会失传的，我在达日境内先后遇见过好几位歌唱《格萨尔》歌谣的传唱人。

# 见证达日扶贫攻坚

图登华旦

2018年当大家还沉浸在春节欢快的氛围之中时，我接到青海省摄协的电话通知：中国文联有一个扶贫攻坚影像纪录调研组要到青海基层一线，深入农牧民家中驻点创作。

摄协考虑到我有多年的基层工作经验且懂得藏汉双语，便把任务交给了我。扶贫攻坚工作对于咱们国家是一件重中之重的大事，更何况这次是为了青海，我就痛快地答应下来。之后，了解到这项工作要在青海省内自主选择一个地方进行两年的驻点调研，我便初步选在了自己工作的地方——果洛藏族自治州。

第二天调研组的北京摄影师陈伟曦马上联系到我，他和云南的摄影师马宏波要来青海果洛立刻展开调研工作。然而果洛地广人稀，牧区地域辽阔，具体的调研地点尚未定下，此刻青南三州政府机关冬季假期实行轮休制。如果不能很好地与政府进行对接，那么在海拔高、气候差、条件恶劣的高原牧区，整个调研小组人员的吃、穿、住、行，以及健康安全将无法得到保障。当他俩初步了解到这些困难后，让我在不给当地政府增添负担的前提下尽快与当地政府做好对接工作。最终协调决定，在3月初政府机关开始正常上班后，调研组两位老师便立即到达果洛开始驻点调研工作。

我们首先选好了调研的具体工作地点为达日县的3个乡镇，分别为桑日麻乡、特合土乡和吉迈镇，也就此展开了艺术家脱贫攻坚驻点创作在青海达日的具体工作。

陈伟曦、马宏波刚到果洛没几天，因为高原环境恶劣，陈伟曦开始出现严重的缺氧情况，立刻被送至乡卫生所进行输氧抢救。由于不是单纯的高原反应，呼吸和心率也出现了紊乱，大家担心他的生命安全，第二天上午就送他回县城，然后再转到果洛机场。陈伟曦就这样遗憾地结束了驻点工作。

之后，我与来自云南昆明的马宏波二人按设想进行工作。当时正赶上果洛罕见的一场暴雪，使得本不便利的乡村砂石路更为难走。在如此恶劣的天气中，我和马宏波仍然坚持走乡访村。当我们的汽车陷入雪窝时，路过的牧民会骑着摩托车赶来帮助我们；而路途中我们见到有困难的人，也会竭尽所能援助他们。这一路上马宏波用年轻人顽强不屈的意志克服高原反应以及种种困难。就这样我们的工作在进行了十多天之后，为第一次驻点创作画上了句号。

2018 年 7 月，马宏波又一次联系我，准备开展第二阶段的艺术家脱贫攻坚驻点创作工作。我当时正好忙于青海省三江源国家公园野生动物普查项目拍摄工作，担任拍摄组的摄影指导，需要和采风队共同行动。因为工作时间安排出现冲突，马宏波便自己联系县委宣传部和县扶贫办，被安排了一辆汽车和一名熟悉当地基层且能担任翻译工作的干部之后，立刻展开了第二次驻点创作工作。

2019 年 4 月青海省摄协再次联系我。这回的调研工作是由中国摄影家协会副主席、新华社首席编辑陈小波亲自带队。我曾经和陈小波见过两面，也听过她讲的摄影课，所以非常期待她的到来。这次参与驻点创作的工作人员有大变动，其中不乏全国著名的艺术家，如来自河南省作协的副主席墨白、新疆的诗人江媛、山西的画家李兴骏、宁夏的摄影家牛红旗，以及新华社高级编辑何自力、新华社青海分社记者吴刚，云南的马宏波依旧参加了这次驻点创作工作。

在之前的调研中，我只是与当地政府做协调，将向导和翻译的工作当成自己的任务。但是陈小波要求我必须成为驻点创作工作队里的一名创作人员。这使我深深感受到自己肩头的责任更大了。

能够与这些艺术家相识我感觉是一个学习的良机，也是一场天赐的缘分，尤其是对我影响最深的墨白老师，可以说是当代先锋派小说的代表人。在这样一个优秀的创作团队里工作，也让我感到无比荣幸。

2019年5月，第三次驻点创作工作正式启动。这次对工作地点进行了调整，特合土乡、建设乡和吉迈镇被保留下来，但工作重点放在了德昂乡。因为德昂乡和建设乡、特合土乡都在黄河沿岸，领队陈小波认为在此可以做黄河流域“天·地·人”的大文章。

当我们开始做调研采风后，有些老师因年龄较大加上高原反应，工作起来非常困难。我们先到海拔相对较低的德昂乡，但依然需要每天吸氧且服用红景天之类的药物。尽管气候恶劣、困难重重，但我们仍然深入基层，按照领队陈小波的要求，沿着黄河向上游进发，遇到一个村庄就找几家牧户开始调研。

2019年10月，我们进行了第四次驻点创作工作。

在整个驻点调研工作中，首先我们工作组在带队领导的安排下不直接与县政府、乡政府对接，而是自行走访村落以得到第一手调研资料。创作队的工作人员勤恳认真，从最基本的家庭人口开始调查，咨询基层牧户们在党和国家脱贫攻坚工作中享受到了什么政策？与之前的生活状况相比有何改观？当地政府采取了什么相应的措施？等扶贫工作结束之后对未来生活又有什么打算？而且我们每采访一户牧民，无论对老人还是小孩都会进行调研工作。对在县里或乡上上学的青少年还会去学校进行走访调研。在这种随机又严谨的工作中，我们调研所得的全部资料都是真实且准确的，也都是非常有价值的。

其次，最让我有感触的是我们进村入户的时候，所有牧户嘴上说的和心里想的是一致的，他们的每一句话都发自肺腑。牧民们对国家在脱贫攻坚方面投入的大量资金、采取的强有力的措施都令他们感到格外高兴。每一个牧民的脸上总是挂满了幸福的笑容，话语中也处处流露出对党和国家好政策的感激之情。由此可看出，我们国家脱贫攻坚工作是落到了实处，也让老百姓们拥有了真真切切的幸福感，这也是脱贫攻坚工作所取得的成功。

在我们的驻点创作工作快结束的时候，我通过自己的个人关系，从州扶贫局、县扶贫局要了一些扶贫工作的相关资料。我想通过这些资料和我们自己的调研成果进行对比，看看这些数据与我们所获得的资料是否一致，算是我自己私下进行的对比参考。对比之后，我发现，政府所做的数据与我们在调研工作当中从牧民口中所得完全相符。

之后我遇到了果洛州扶贫局局长仁内同志，他的大脑就像是一个数据库，里面存放着果洛人民在脱贫攻坚工作中贡献的每一份力量。在我和他的交谈中，我惊奇地发现他竟然记得每个县脱贫攻坚工作中的详细举措、贫困状况和脱贫成效等细节。对于巩固胜利果实他的内心充满坚定与自信。他用最严谨、最勤奋的工作态度，始终牢记共产党员的初心与使命，用自身言行贯彻着“人民对美好生活的向往，就是我们的奋斗目标”！果洛州、县基层的每级政府，脱贫攻坚前线的每一位工作人员都严格按照国家的要求、按照习总书记的要求，坚持人民的利益高于一切！这一切都令我感到惊喜、激动。

# 遗世独立的达日

吴刚

果洛，一个遗世独立的秘境。

原始、古朴、狂野、自然……提到果洛，这些词不由自主地出现在我的脑海中。同时，一只无形的手又在拉扯，距离遥远、缺氧、高寒、气候突变等，又像是果洛考验一个人虔诚的门槛，地处偏远，气候极端，造就了果洛独特的人文地理环境，也增加了果洛的神秘感。

2012年我来到青海，有幸成为一名驻地记者。一晃10年，我每年都会到果洛出差，每次到果洛，都会有不同的感受，像去见一位相见恨晚的新朋友；每次见面，又都像一次篝火旁的举杯长谈，暗生欣喜。

果洛藏族自治州位于青海省东南部，紧邻玉树藏族自治州和甘肃省甘南藏族自治州。这里平均海拔4200米，年平均气温-4°C，内地的盛夏时节在这里常常会迎来降雪，一天遇四季不足为奇。果洛州的工作，如生态、扶贫、民族、宗教、文化等内容也是中国藏区的缩影，具有一定的典型性。

巴颜喀拉山自西向东绵亘果洛州，以主脊为界构成长江、黄河两大水系的分水岭，黄河源头位于巴颜喀拉山北侧的果洛州境内，而我们本次项目拍摄地就是黄河源头重要的水源涵养地——达日县。

达日县距果洛藏族州州府所在地玛沁县140余公里，开车需3个小时车程。黄河流经达日县，全县3万多人共同守护着这片黄河源头的生态核心区。这里居住的藏族群众比例高，藏传佛教氛围祥和，全县以牧业为主。当你来到达日时，会看到满草场黑色的牦牛和白色的羊群星星点点地在大块白色的云朵下悠闲吃草，这里的生活传统、简单又和谐。

牛羊在达日县，在当地牧民的心中，是草原传统生产生活的保障，而草场又是牛羊生存的根本。“藏族人的生活依赖黑色的牦牛，黑色的牦牛又依赖绿色的牧场。”一次采访，达日县的牧民罗日盖告诉我。罗日盖身材高大、肤色黧黑，蒜头一样的鼻子，在高原紫外线的影响下，当地人大多眼睛都布满血丝但却意外明亮，像是一汪湖水闪着光。

逐水草而居，放牧跟随季节转换。物质文明时代，达日县的牧民生活在另外的语境下，效率、时尚、富足、信仰，在这里有更深刻的诠释。

2020年，中国消除绝对贫困，同年达日县也退出贫困县序列，国家助力达日县在医疗卫生、教育、居住环境等民生项目上的推进，也增加了藏族同胞的幸福感。

在果洛达日街头行走
高原反应让我摸头不是脑袋
你对摩托车上的年轻人微笑
他会回你一个更大的微笑
黑土滩、肝包虫、雪灾……
这些问题都难不倒果洛人
世代轮回
格萨尔的传人相信
每撒下一粒草籽，都是草原牧民对祖辈的延续
草原上自由奔跑的牛羊，都是自己的影子
因为他们坚信
拥有此刻的生命和这里的一草、一木、一花、一水
就是最大的富足

# 青海果洛手记

李兴骏

达日县是青海省果洛藏族自治州下辖县，位于青海省东南部，地处四川、甘肃、青海3省交界的果洛藏族自治州南部，平均海拔4200米以上，是三江源自然生态保护治理地区之一，同时也是州内重要商品、中藏药材集散地和青川交界处的重要交通枢纽。

作为一名美术工作者，我这两年跟随中国文联摄影艺术中心扶贫创作团队两次来到达日县，走访、调研、记录了这里的扶贫状况及风土人情，感受了少数民族地区的农牧民在改革开放之后的新变化，了解了他们团结一致脱贫奔小康的热切愿望。

在果洛期间，我们马不停蹄地奔走在牧区与城镇。这里的天特别蓝，空气特别清新，虽然行走在海拔4000米左右的高原有些吃力，但我们都十分珍惜在高原上的宝贵时光，认真观察、潜心创作，期盼贡献出能够反映大时代的好作品。

民间传说中的格萨尔王是“天神”下凡，我创作的《英雄格萨尔王》所表现的就是格萨尔从天而降的场景。为突出格萨尔王威武雄壮又飘逸洒脱的气质，画面文字外沿形状似赛马会主会场观礼台的轮廓，背景是满天的火烧云，以衬托格萨尔王气贯长虹的威势。画面下半部是争先恐后、勇往直前奔驰在辽阔大草原上的骑手，寓意着格萨尔王的精神激励着一代代高原儿女不畏艰险的气概。

在达日的每一寸土地上，在毡房的每一个人的口中，都在传唱着格萨尔王。广大藏民对格萨尔王的由衷赞美激发我创作出另一幅作品《藏戏》。在作品中，我着重表现了当地举办大法会演出藏戏的场面，前景为头戴面具，手舞足蹈表演藏戏的演员及观看盛大法会的藏民，现场人山人海。

作品《高原春风》结合诗人江媛的诗句，“每一座山峰都居住着神灵，每一条河流都寄宿着魂魄,这里是信仰的高原,也是一壶酥油茶暖热的高原”，表现了一位怀着喜悦心情、面带微笑的藏族妇女，手捧洁白的哈达为善良、纯朴的人们祈福祝愿。山坡上可爱的成群白唇鹿也驻足留步，同人们一齐感受这阳光灿烂的时光，湖中结队的斑头雁正在飞向美好的彼岸！

作品《朝圣》将绵延无尽的高原、奔流入海的黄河和巍峨圣洁的阿尼玛卿雪山尽收图中，描绘了一个正在朝圣的藏民，手持佛珠，膜拜神山，祈求幸福！祈求安康！画面中的局部场景是似祥云包裹着的盏盏酥油灯和查朗寺。

塞西多卡石经墙是石匠家的四代人干了126年才完成的。我们跟随达日土生土长的摄影师图登华旦老师来到石经墙，看到那堆积如山却又经过精心雕刻的各色石片，一排排、一行行地排列着，壮观而肃穆！我创作的《石经墙》在画面中就表现了一位饱经沧桑的藏民老妇，虔诚地在岩石上刻制经文。

作品《狮龙宫殿》的整幅画面飘扬着朵朵祥云，祥云中的狮龙宫殿巍然屹立，大殿里的僧人们在唱经诵词，愿格萨尔王护佑高原，降下甘露水沐浴雪域，幸福吉祥！

皑皑白雪的高原大山、成群结队的牦牛沐浴着阳光，行进在草地上，一位怀着喜悦心情、面带微笑、手持转经筒的藏民，歌颂着新时代带给他们的幸福生活！我把这幅作品命名为《喜悦》，献给所有在高原上向贫困命运挑战的人们，祝愿他们吉祥如意。

# 达日采访手记

马宏波

初次去达日时，一切对于我来说是那么的新奇。在与当地带领我采访、拍摄的图登华旦老师沟通后，他带着我来到了达日县特合土乡。在这里，我了解到一种我之前从未听说过的病——包虫病。包虫病是由当地流浪狗引起的一种寄生虫病，人在接触了受污染的水源后容易患上此病。感染后，该病会对患者的生活带来巨大影响，高额的医疗费用常会给村民带来极大的负担，有些村民就是由此因病返贫、因病致贫。刚到特合土乡，我们就走访了一户患包虫病的牧民。这是一对年轻夫妻，因双双患病而使家庭陷入贫困。妻子因病情严重，感染扩散到了脑部，已丧失了全部劳动能力，常年卧病在床。而采访完毕的第二天一早，乡上的干部就来告知，昨日采访的那位牧民已因病于昨夜去世了。听后我们的心情很沉重。达日是青海省果洛藏族自治州的下辖县。在达日采访的日子里，我用镜头记录着这里，也感受着眼前的达日与想象中的种种不同。“因病返贫”“因病致贫”让人心痛。但达日的人民在国家对果洛大力度精准扶贫、精准脱贫的实践中，迸发出蓬勃而坚韧的生命力。作为一名影像记录者，感受尤为清晰。用镜头记录历史是我的职责，这份职责让我感受到一种力量——改变的力量，前行的力量。

脱贫攻坚让达日人民的生活方式一步跨千年。然而脱贫攻坚任重道远。相信藏区的人民生活会越来越好，而我记录的脚步永不会停歇……

2

3

1. 驻点创作队赴德昂乡采风。2018 年 9 月，牛红旗摄影

2. 中摄协副主席陈小波、作家墨白（左）在黄河边采访时任达日县扶贫开发局副局长格桑（右）。2018 年 9 月，牛红旗摄影

3. 藏族摄影家图登华旦（左一）、作家墨白（左二）、画家李兴骏（右二）、诗人江媛（右一）在德昂乡采风。2018 年 9 月，牛红旗摄影

1

2

3

4

5